叶文玲

乡愁文丛　王剑冰　主编

长 相 忆

叶文玲　著

中原出版传媒集团
中原传媒股份公司
大象出版社
·郑州·

图书在版编目(CIP)数据

长相忆 / 叶文玲著.— 郑州 ：大象出版社，
2017. 5（2018. 3 重印）
（乡愁文丛 / 王剑冰主编）
ISBN 978-7-5347-9161-1

Ⅰ. ①长… Ⅱ. ①叶… Ⅲ. ①散文集—中国—当代
Ⅳ. ①I267

中国版本图书馆 CIP 数据核字(2017)第 033046 号

乡愁文丛

王剑冰　主编

长相忆

CHANG XIANG YI

叶文玲　著

出 版 人　王刘纯
策　　划　王刘纯
责任编辑　司　雯
责任校对　李婧慧
装帧设计　王莉娟

出版发行　大象出版社(郑州市开元路 16 号　邮政编码 450044)
　　　　　发行科　0371-63863551　总编室　0371-65597936
网　　址　www.daxiang.cn
印　　刷　北京汇林印务有限公司
经　　销　各地新华书店经销
开　　本　787mm×1092mm　1/16
印　　张　14.5
字　　数　143 千字
版　　次　2017 年 5 月第 1 版　2018 年 3 月第 2 次印刷
定　　价　30.00 元

找得到灵魂家园，记得住美丽乡愁

——“乡愁文丛”总序

王剑冰

我们强调保护中国的传统文化，而传统文化当中就有乡愁。乡愁是中国人热爱家乡、牵念故里的独特情结，是一种美好自然的文化观念。社会越是变化、越是浮躁，这种情结就越显珍贵。乡愁也是一种寻根意识，记住乡愁，记住美好的童年，记住美好的向往，也便是铭记我们的根本。

我们每个人都是故乡的一片叶子，这片叶子无论飘落多远，都无法摆脱大树对于叶子的意义。一个人的身上总有着故乡的脉络，流着故乡的血，带着永远不可改变的DNA。一个个的人也可以说是一个个村子的化身，他们走出去，分散得到处都是，却不会把村子走失。

说起乡愁，那是一种与生俱在的情怀，住在心中的故乡常常鲜活在那里。故乡是安放你的灵魂、温暖你的寂冷的地方，是接纳你的疲惫、抚慰你的忧伤的地方。翻开一页页被繁忙弄乱的过往，记忆中的余香总在儿时的故乡。那里有我们最亲密的玩伴、最爱吃的食物、最漂亮的衣衫、最天真的憧憬。而芬芳入梦的，多是亲人亲切的面容与温馨的相聚场面。那些亲人或已故去，或还在乡里。现在多数人对故乡的感觉同对年节的感觉一样，那种热闹团圆、香气弥漫的味道是乡情中最重要的部分。“每逢佳节倍思亲”，所以归乡最多的时刻是年节，带着满满的怀想、满满的辛苦，万水千山相携于途，构成最为壮阔的乡愁景观。古往今来，人们因为各种缘由漂泊在外，但总是要找机会赶回故里。金圣叹曾列举“不亦快哉”之事，其一即是“久客得归，望见郭门，两岸童妇，皆作故乡之声”。然而他们的欢喜中又带着那种“近乡情更怯，不敢问来人”的复杂心理。漫长的时光已然流逝，乡愁的话题始终没有停息，情怀早已渗透于诗歌典章，直至后来，还有余光中、三毛、席慕蓉不约而同地同题《乡愁》。

诚然，远在故乡之外的游子，生发的多为眷念之情，即使老杜有“漫卷诗书喜欲狂”“便下襄阳向洛阳”的返乡之举，回到家乡也还是要再出去，因“莼鲈之思”而辞官归返的张季鹰毕竟是少数。还有，余光中的《乡愁》或代表了一些人对于故乡的认知，那就是故乡即是母亲（或双亲）的代名，对于故乡的怀念即是对于母亲的怀念，回故乡即是为了看母亲，母亲不在了，故乡的概念便模糊起来。随着生活的变化，有人也不可避免地遇到了回乡的矛盾，记忆与现实发生了冲突，那种期待值与仪式感渐渐折损，许多美好已然变成了永久的追忆。所以有人会说：“我是真的爱家乡，不过爱的可能是记忆里的家乡。”确实，没有一成不变的事物，这是时间所带来的不可逆转的事实。然而不可逆转的还有那份强烈的牵绊，永恒的顾念并未因此而中辍，情感的执拗还是同那些疏离与怨怼扯断了关联。生生不息地以文字表达出来的乡愁，也成为中国文学中一个特有的传统。

作家们大都已离开生养自己的故土，但我们却能看出那种深深的乡愁情结，这其中有写生养自己的故乡的，也有写生活过的第二、第三故乡的，还有赞美如故知的他乡的。文丛中，地域山水皆有代表，民俗风情各具特色，多方位地展现出人与历史、人与环境的关系，彰显对亲人故土的真挚情怀以及对世态人生的深切感慨，给我们带来亲近，带来回味，带来启迪，让我们感受到温馨而深挚、苍郁而辽阔的文字力量。

我们说，在意乡俗年节，提倡尊崇温情，爱护碧水蓝天，留住美好记忆，是和谐社会建设的内容之一，也是复兴民族文化的核心之一。这样会把我们赖以生存的环境保护和建设得愈加贴近期待与理想，也会使我们愈加容易找得到灵魂家园，记得住美丽乡愁。大象出版社倾心打造这样一套阵容壮观的“乡愁文丛”，就是带有这样的初衷。该文丛是具有欣赏性、研究性、珍藏性的文学工程，也是一种文化的记忆与期望。“故乡今夜思千里，霜鬓明朝又一年。”随着时间的挥手远去，这种记忆与期望会愈加显现出它的意义。

2017年初春

目　录

河南篇

河南篇

洛阳诗韵

中原忆，最忆是洛阳。情思悠悠中写下这句话，连笔尖都带了几分醉意。

水自天上来的黄河，浩荡东去，沿途凝结了一颗颗明珠似的城市，洛阳是其中璀璨的一颗。

洛阳一似黄河激扬雄浑的音符，又似春之神明媚动人的笑靥。不不，洛阳就是洛阳，洛阳是历史厚重的馈赠和沉积，从洛阳发掘的文化遗产，足可代表中华民族灿烂的精神财富。

在河南的二十四载中，洛阳是我去得最勤的地方，特殊的机遇和机缘，使我对洛阳十分偏爱。我总觉得这个九朝古都，有着特殊的况味，不然的话，历代文人墨客，也不会把对洛阳的赞誉，写进千首万阕诗词里了。

“陆机入洛，噪起才名。”——三十年前，我曾抄录这一古句，慰勉当时在邙山的兄长。我对这个东汉、魏晋、隋唐时代的全国乃至现在亚洲的经济文化中心，有着笃诚的崇拜。洛阳，光名字就古色古香，充满文情和诗意；洛阳，历代才俊辈出，在东汉时就有过三万多太学生呐！

二十四年前，我初访洛阳，就觉得她名不虚传，二十四年中多次去洛阳，一次比一次更深地感受到她的古美和奇绝。

洛阳古，她有“天下第一寺”白马寺。许多城市的景点，常冠以“天下第一”的美称，但都没有白马寺这个“第一”让我感到真切实在。

史书记载：东汉永平八年（公元65年），明帝遣使去天竺国求佛经，得贝叶经四十二章和佛像，用白马驮回。天竺沙门摄摩腾、竺法兰护送至京师，遂建成了中国佛教之源的白马寺。白马寺门口那匹粗拙的石塑白马，便是文化使者的象征；寺后墓园中，摄摩腾和竺法兰的大圆坟，年年芳草青青，更使历史和现实贴近。

洛阳美，她有群芳之冠的牡丹。聪明的洛阳人，古戏今做，把传说中不肯献媚而被武则天贬谪的牡丹奉为市花，在花事烂漫的五月，年年举行规模空前的牡丹花会。这一来，王城公园的牡丹，越发明媚娇艳；市区的十里长街，更有三步一座姹紫嫣红的牡丹园。而今，洛水之畔看牡丹，已成了域外海内的文化盛事。花会期间，洛阳城日日车水马龙，游人如织。人笑传：光捡看花人挤落的鞋子，都能捡上几大车呢！

洛阳绝，她有具有一千三百年历史的唐三彩。这种运用赭、白、绿色铅釉烧制的三彩陶名扬天下。其中造型最优美的马和骆驼，已成了人们馈赠亲友的佳品。不久前，在洛阳还发掘了隋代的三彩骆驼，它釉色苍晦素净、姿态生动逼真，不愧是隋代工匠的杰作，也是举世罕见的艺术瑰宝。如今，唐三彩骆驼、马已带着它特有的明光丽色，“走”向世界各地；我不止在一位外国朋友的柜橱中，看到了它们的丰姿。去年，当我告别中原时，谙熟我心思的哥哥，一下为我“牵”来了五匹大小不同的唐三彩马，真是愿借良驹千里足，送我还故乡呢！

洛阳奇，更因她有无比雄伟的龙门石窟。这个在洛阳市南十二公里的去处，有着与洛阳同样古香古色的名字：伊阙。

龙门山（西山）和香山（东山）夹峙伊水，岚气氤氲，翠峰如簇，北流入洛的伊河，烟柳重，春雾薄，鱼浪起，千片雪。看惯了黄河的浊黄，你定要惊异这伊水怎会如此澄碧；见多了黄土地的苍凉，你更会讶然这龙门两山竟夺得千峰翠色，春意乱生；而让你真正称奇的，当然还是那浩大辉煌的龙门石窟。

据记载，开凿于北魏太和十八年（公元 494 年）的龙门石窟，其工程一直延续至唐代，历时四百余年。令人心痛的是，十之八九的小佛像头部已遭损毁，最著名的《帝后礼佛图》浮雕也被盗凿。但是，残留的佛像乃至每块衣袂，都刀法圆熟，极其传神。现存的一千三百五十二个石窟、七百八十五个龛、九万七千余尊造像、三千六百八十种题记，都凝结着我们民族文化的精华。

龙门石窟最雄奇的是奉先寺。卢舍那的佛像是我所见各地佛像中最美的一尊。那婉约端丽的姿态，那摄人心魄的慧眼美目，那浅笑盈盈的秀美双唇，真是集美之大成。

到洛阳，游龙门，不拘四季，无论晨昏，一棹碧涛春水路，龙门石窟永远向你展示着壮美的大观。而当你沿着香山寺、白居易墓、宾阳洞、药方洞、万佛洞、奉先寺一一游赏时，你将会如临仙境，一轴六代九朝的画卷，一部中华民族的文化史，正徐徐为你展开……

1987 年

争春最是洛阳花

从豫东大平原匆忙归来，未及拂去一路风霜，照例先翻看一下台历，喔嗬，又到了年底！

真不敢相信岁月流逝得这么快。孩提时最盼过年，年轻时也最喜过年，但新年的步履总是那么迟缓滞重，不慌不忙，盼得人好不心痒难耐。

但现在，岁岁年年，年年岁岁，日子倏忽就过了，快得让你来不及顾盼，快得让你无暇细想；日子就像脱缰的骏马，奔腾而去。我只能从它的蹄影中，察知自己也往“老”上走，因此，我窥见数茎白发已羼入青丝，几缕皱纹已爬上颜面。

尽管如此，我倒不过分惆怅。人总是要老的，岁月总是要更新的，何况这几年，大家的日子总归是渐渐地好了，好日子过得特别快当，这难道不该令人欢欣吗？

生活总不辜负人。今春到今冬，我以还算勤快的双腿，跑了中原大地东、西、南的几个地区及若干个县。商丘、洛阳、周口，这三个地区，除洛阳我较熟稔外，其余都是初访。奇怪的是，这些个地方，状貌有别，山水各异，可是，“地气”却是一样的，那就是“热”！从春到冬，我无不感到这股氤氲的热气在中原大地腾腾漫涨。

也许是今春在洛阳市牡丹花会的盛况给我的印象太深刻，也许是之后在洛阳地区临汝县的采访比较细致而深入，于是，后来不管何时何地，每当见到那些令人神往的新气象、新风貌，我就不由得又想起洛阳，仿佛又置身在“花会”的牡丹丛中，直感到春光的撩拨。想到这里，我仿佛才渐渐悟及了洛阳为什么要把牡丹作为市花。牡丹的娇贵妍媚，自是不用我絮叨了。关于牡丹的种种美丽传说，也人尽皆知。我想，除了以上原因，大概还因为牡丹花期过分短促，能使人分外警醒，倍加珍惜，所以会引动那么多人来这古城争春和追春。正因为韶华易逝，时不待人，人们也就在赏玩游乐的同时，更能领悟到应该如何珍惜平日的分分秒秒，如何在这大好时光里更快地腾飞和奋进。

争春最是洛阳花！飞雪送冬之际，那曼舞的雪絮，片片朵朵，似乎都在传送我的这缕情思。

1984 年

嵩山古柏

黛色的山，乳白的雾，出挑在黛色与乳白之间的是苍绿的树。这是我永远看不厌的景观，这是我永远为之陶醉的大自然晨光图。

树是大自然最优美的图画，千姿百态的树又如千首万首的诗歌；它瑰丽的姿形是永恒的主题，它四季不凋的青翠是激荡人心的音符，它在和风中飒飒作响的枝叶弹奏如乐，它比人类寿命还要绵长的树龄是造物主赋予它的最优越的待遇。

我钟爱树，钟爱各种品类、各种形态的树，因为它展示了大自然对人类最丰厚的馈赠，展示了人类最辛勤的劳绩，因为它展示了蓬勃的生命力，常常给我以创作上的许多启迪。很多时候我觉得树和书一样，绿色的诗行便是活跃生命的无穷元素。生活中无论是喜悦激动还是烦躁不宁的时刻，只要望它一眼，我的心立刻平静如初。

花开一季，树长百年，惜花之心常会随风而落，对树的爱意却永不消逝。

早就得知嵩阳书院是中国最古老的四大书院之一，我身在中原二十余年却一直无缘得见。此次有幸，先不说它的内涵和陈迹，光它坐落山中的那份清静和安然，就是当今喧嚣尘世最难得的所在，而院内那两棵无与伦比的古柏，更使我一见就有倾慕不已、相见恨晚之慨。

古柏有着非常了不得的名字："大将军"与"二将军"。粉墙上几行简洁的文字记载着它们得名的由来。说的是西汉元封元年（公元前 110 年），汉武帝刘彻游嵩岳至嵩山寺，进门就见院墙左侧一棵姿形极为巍然的树，立刻御笔一点，赐封为"大将军"。谁知行不几步，又见两棵，且比刚才那棵更壮更大，只好再封为"二将军"和"三将军"。

最为魁梧的"三将军"在风雨之夕毁于雷击，传说则戏称："三将军"是因为受封不公，忍不了委屈而活活气死的。这则传说倍添了古柏的品质气节，幸存的"大将军"与"二将军"则穿透历史的风烟，潇潇洒洒地存活了 1400 年。

尽管自以为见过不少名花奇树，可那日乍见这"大将军"和"二将军"，我仍然如张生"惊艳"一般目瞪口呆。

只见那二位"将军"，躯干粗壮，身围足让几人抱不过来。虽然那树干的皮色已呈枯树般的灰褐，可条条纹理，仍然行竖横直地尽现青春岁月的挺拔；最难得的是那些枝丫，一条条虬曲如龙，但伸出一枝就撑起一团苍绿的云，那团团绿云掩着历史诡谲的风烟，那团团绿云若隐若现地向人展示着它独有的故事。

千年古树可谓稀世之珍，这两棵古柏的价值尤其如此。徘徊流连，拍照再三，我怎么也不舍得离去。

迈出院门的一刹那，忍不住又回头张望，只见"大将军"上身微倾，似蹒跚老人送客状；而"二将军"却神态依旧，依旧骄傲地伸展龙腾虬盘的枝丫，依旧撑着那团团苍绿的云，一副凛凛然的样子，似乎仍然负着使命——要将"三弟"的委屈永远警醒于世，那就是：身为帝王，最要做到从实际出发，重如千钧的御笔，首先要点出公平。

1995 年

寂寞书院冷

四月间去洛阳途经嵩山，发现了一处“新大陆”——嵩阳书院。驻足流连时，相识恨迟的感慨油然而生。

嵩阳书院早在宋代就享有盛名，是与庐山白鹿洞书院等齐名的我国四大书院之一。可是，它如今悄悄立于深山的清高和少有游迹的冷寂，令我讶然。

书院和寂寞，本是绝不相称的对立词，可是，寂寞与书院，在特定的时代和情境中，仿佛是注定的宿命。

古往今来，人们无不知嵩山，知它崛立中原，峻崖千仞，是蜚声中外的中华四大名山之一；如今年轻人也知嵩山，只知它脚下的名刹少林寺，一部电影让少林寺跻身为全国知名旅游景点，《牧羊女》的歌声至今绵绵不衰。

同样位于嵩山怀抱中的书院，就全然不是如此了。

我无法得知书院当年的规模，但见它选择在这样一处深山腹地辟地起宅，是可见开辟者的一番苦心的。它所背倚和面朝的，都是壁立千丈的嵩山，巍巍嵩岳，是喻示学问的高深，还是比拟攀登的艰难？门前门后那早已湮没但仍依稀可辨的荒草小径，院里那两棵历时千年几人环抱不过来的汉柏“大将军”和“二将军”，都增加着它无以言喻的苍凉感。

书院古老矣，但它曾经在人们心里生下的根，却不会衰败；它传道解惑所立下的功德，也应为所有的受惠者铭记不忘。

我在那两棵古意森森的汉柏间徘徊，诚如我在《嵩山古柏》一文中所述，这两棵古树是我平生所见最具生命象征的老树，它们虬枝盘曲，清气自流，越千余年而依旧岁岁生出翠叶，遭大雷殛而临绝不毙！当在书院流连良久后，我更觉得它们的存在，就是书院的天然见证和最佳伴侣，它们已到龙钟之年却巍然挺拔的身躯，它们多皴而苍黑的树纹叶脉，无一不是中华民族文化教育史的生动写照。

书院的现址只剩下了前后两进的小小屋舍。历尽风霜，几经浩劫，价值连城的国宝文物尚且荡然无存，何况这几近湮没的书院？因此，空落的院舍中，诸如什么先贤手泽、文书宝卷自然是没有的。但是，我依然钦佩那些想到要标识它尊奉它的有识之士，钦佩努力设法恢复它旧迹的人们，毕竟他们想到在热热闹闹的少林寺高处，还有这处对世人具有教益的所在。

就在这小小屋舍的粉墙下，我又看到了今人书写的有关嵩阳书院的教学内容、教学特点的介绍，行文虽只几款，却使我对这所曾在教育发展史上起过重要作用的书院更为敬仰。原来，它采用的是自宋至清末于官学私学之外的一种高等教育组织形式，它既是教育教学机关，又是学术研究机关。

“介绍”又说，书院盛行“讲会”制度，允许不同学派进行讲会，开展争辩；教学也实行门户开放，不受地域限制；在学习上也以学生个人阅读为主，十分注重培养学生的自学能力，并多采用问论辩式，注重启发学生的思维能力。

令人再次肃然起敬的还有后面一条：书院内师生关系融洽，相互之间感情深厚，书院的名师不仅以渊博的学识教育学生，而且以自己的品行感染学生。

我一改往常走马看花浏览景地的习惯，特别有耐心地将这几款条文记了下来。因为它令我想起当下太多的事：教育的、文化的、旅游的、做学问的，甚至是人际关系的。

我饶有兴趣地走到了那张古朴而漆色斑驳两头翘卷的讲案后面，坐在那把同样古朴的木椅上，遥忆着自己做学生和当教师的年代。

我在这案后木椅上凝然端坐的那一刻，思绪翻涌，滋味万千，人生的许多体味似乎都齐齐在这一刻聚集。

世间事也许就这样：越不是行中人，越能激发新鲜的刺激和感触。我也如是。对比少林寺的热闹，这书院的清冷更使我心里不是滋味——在我流连的个把小时中，几乎没有第二茬游人光顾此地。

难道，寂寞和清冷果真是书院和做学问者的宿命？

话又说回来，与其向热闹得不伦不类、亵渎了精神品格的世俗投降，我宁可看着它继续清冷下去。因为，背倚高山的它，至少承载过光荣的使命，至少潴留了我们对它的怀念和思考，至少拥有山中高士的那份清雅胸襟，至少还拥有“尽收城郭归檐下，全贮湖山在目中”的那份怡然和旷达。

1995 年

滋味万千

不久前，从一则新闻中看见，某大学食堂的泔水桶中，有白花花的米饭、各种各样的剩菜、只啃过一口半口的白馍……说实在的，每每看到这种镜头，心里很不是滋味。一边看一边就想：他们没过过那个年代。

没来得及买早点的外甥女，泡了一包牛肉方便面，刚吃了一口便停了筷子，随即便听得卫生间一阵冲水响……她大概意会了我的眼神，伸伸舌头，自我解嘲说：我真是暴殄天物……

不用说，外甥女没有经过那个年代。

我说的那个年代，过来人都知道，是低标准的 20 世纪 60 年代初，通常或者说成“国家遭受严重困难的那些年”。

我正是在那个年代来到河南的。正是在饥馑的年头来到河南，我便如刻如镌地记住了河南最初赋予我的一切，包括最不易得和最粗粝的吃食。

我最早的落脚地是内乡县。内乡高中的老师们，一日三餐是玉米糁中有几块难得半沉半浮的红薯；中午偶尔吃干的，那便是黑乎乎的能“掷地作金石声”的红薯面馍。

几乎没什么就饭的菜。如果萝卜熬白菜里有一点儿粉条、豆腐或一星半点儿油花，就是难得的荤腥；杂面条如果放了芝麻叶、红薯叶，那无疑是过节了。

正因为没什么蔬菜，大葱大蒜便成了最可佐饭的，我由讨厌生葱生蒜的气味到逐渐习惯到后来吃得有滋有味，全然是被环境改造的结果。

几个月住下来后曾去过集上，那五天一次的集，也寥落得几近于无。集上人最多的菜市，除了萝卜、白菜、大葱，再没有别的。可有一日，我竟像发现新大陆似的，发现有鲜鱼卖！卖鱼的那个老汉不知从哪条河里意外地捉到了这几条鱼，洋洋洒洒地摆开了地摊，而且价钱特便宜：无论大小，一角一斤。

就这样，也几乎鲜有问津者。于是，欣喜若狂的我，倾己所有买下老汉所有的鱼。回来的一路上，碰到一连串的瞪眼惊问：你买的？买这么多鱼咋吃呀？

乡亲们惊异的，不是鱼的做法和吃法，而是吃鱼竟然需要用一角一斤的钱去买。

做好后，我让所有来串门的人品尝，即便有兴趣品尝的，开口总是：腥吧？在肯定了不太腥或不腥后还会说：就是怪扎嘴。

我这才明白：那时的内乡人几乎不吃鱼，或者从不舍得花钱买鱼吃。

以后我又多次去过集上，可卖鱼的老汉就像天外来客般从此消失，我买鱼的运气也就不复再有。

后来我犯胃病，一吃红薯就大吐酸水，于是便更加想念大米饭。可在当时，这念想几近奢侈。我最亲近的学生仗义非常，趁周日回家，翻山越岭到有米的乡镇或亲戚家去寻找。侥幸有所获的，哪怕一撮一把，也都捧宝似的为我捧回来。

于是，那些说不清是大米还是碎米，尽管又糙又硬，但在我眼中无疑成了珍宝。我拿这些米熬粥做饭时，真是一颗颗数珍珠似的数到小锅里的。

有日与先生一块儿去城关菜园的一个学生家家访。坚持留饭的家长自然已知道我是个想吃米饭的“南蛮子”，不知从哪里弄来了一把米并早早做好了一锅黏糊糊的饭，轮到做菜时大概更作了一番难。因为这个名曰菜园的地方也根本没有菜，他所能端上桌的，只有一碟拌过酱油的生葱。而据我所想，那只显然是临时充作酱油瓶子的糨糊瓶里所装的酱油，也是特地为我准备的。

我百感交集地吃下了那顿饭。也就是在那天，我学会了吃生葱。

此后，我对任何食物都不挑剔。

调到郑州工作后，年月渐渐好过起来，那时我曾有很长一段时间是在工厂上班。工人都很节约，特别是成家的女工，都不舍得在食堂打饭，中午饭都是自带的。于是，吃中午饭时，各种各样的饭盒摆在一起，真成了“百家饭”“十样锦”。虽然大家带的都是粗菜淡饭，但你的尝一口，他的吃一勺，热热闹闹，滋味无穷。记得那时有个姓杨的女工，家里人口多，她又极俭朴，一年到头，饭盒里装的尽是粗粮，几乎从没有过什么荤腥。可朝杨师傅的饭盒里伸筷子的最多。为什么？原来，她带的饭菜，绿的碧绿，嫩的汪嫩，初春是杨叶、榆钱，夏天是槐花、香椿、野韭还有马兰头，秋冬时野菜不那么好找了，可旺季时腌下的、晒干的，吃起来照样满嘴清香！大家一边贪馋，一边夸杨师傅会过日子，杨师傅笑嘻嘻地看着长枪短棒似的筷子，满足得好似被推上了烹调师傅的宝座，于是就极耐心地教大家怎样采集和炮制这些野菜，大家一边听一边吃，唯唯点头，嚼声如乐，可就没有一个人认真去学、去采、去做的。日复一日年复一年，杨师傅还是乐此不疲地当她的义务后勤部长兼烹调师傅，大家依然当菜来张口的伸筷将军。

杨师傅和她自制的各种名目的野菜，就这样滋味透鲜地留在了我的味觉里。每到春季回暖时节，一见鹅黄重现柳条抒青，我总情不自禁地想念杨师傅的那只滋味万千的饭盒。

日子到了越发好过的20世纪80年代，我已在文联工作。各种邀请渐多，但有一日竟接到“振兴豫菜座谈会”的请柬！赴了会并实际品尝了洋洋洒洒的几十种豫菜后，我才知道河南竟有这么多花样翻新的菜肴。套四宝，是将鹌鹑、鸽子、鸡子、鸭子一只套一只，依次套成一个四宝盘，加上佐料蒸烧而成；金鲤跃龙门，就是选大小适中的黄河鲤鱼，巧杀巧做，怎样配料怎样烧我自然不甚了了，但只见一尾香气扑鼻的鲜鱼端上来你一筷我一筷吃完时那活灵灵的鱼尾还在微颤，那金黄黄的嘴巴还在张合！且不说那滋味如何，单就这种新奇的菜样就把食客给镇住了！那巧变妙法的制作，给皇帝办御膳房我想也不过如此了！

自此，我才知道我们的河南老乡，不但会做菜，而且很会吃菜，不但会做鱼，而且很会吃鱼，而豫菜还是中国几大菜系中叫得很响的一种呢！

前年，我再度赴洛阳参加第13届牡丹花会，会间少不得有几次宴请的大席，我这才知道洛阳请客的大菜通常叫作“水席”。

“水席”真是名副其实。一桌宴席二三十碗流水儿似的端上来，上席的菜，一碗碗都做成连汤带水的形式，于是就显得特别鲜热，吃喝起来呼啦啦一片声响，那气氛那情义就分外浓烈火爆。

看起来，压根儿用不着我们这无用之辈去“振兴”。我的河南乡亲们在恢复了昔日繁荣的同时，早已将中原文化中的饮食文化，发扬光大得令海内外瞩目了。

1996 年

汴京的星河

孩提时，有许多美丽的憧憬、天真的梦想。当这些憧憬过于热切、梦幻过于频繁时，竟有点真假难辨，把原来十分虚幻的情景，也视为有朝一日终会遂愿的现实了。

那时，我最喜欢看天上的星河。夏夜仰望那缀满星星的夜空，我会几个小时地坐对发痴，小脑瓜里盘旋着关于星星月亮的种种神话传说。那时，我总相信月宫里的嫦娥，早晚有一天会从那影影绰绰的桂花树下飘飘走出，而那璀璨的星星呢？一定是那些调皮的小仙女随意抛洒的宝石珠贝。那时，我很想飞上天去，抓住天幕的一角轻轻一抖，让这些明亮耀眼的“珠宝”纷纷飞落下来，穿过云端，落到人间，直落到我故乡的芳草地……是呵，我不甘心，我不甘心老是只能在故乡的小河中，看见它们那瑰丽无比的倒影……

傻念头想过万万千千，荒唐梦做了许许多多，我却从不以为可笑，倒觉得这些记忆，永远像蜜汁一样醇甜。

大概就因为这颗童心未泯的心吧，一些别人认为不算稀奇的事，我却总要兴奋得大喊大叫。

现在，我就又想叫喊了：最近，我真的看见了天上落下的星河——那明亮得耀眼的珠宝。

那是在汴京——开封。这个赫赫有名的宋代都城汴梁城，果真又一次牵下了天上的星河。

身居中原二十年，我却未曾造访过开封。我只是在宋人话本中得识过汴梁的盛世繁华，只是在《东京梦华录》和北宋文人的诗词中，揣想过东京的灯宵月夕。因此，这次能亲睹这有悠久历史的元宵灯会，便觉得十分新奇和庆幸。

素享盛誉的汴京，果然不负人愿。在月华皎皎的元宵节，它再次以花光满路、千门如昼的姿颜，呈现了它非同寻常的辉煌。

不是我这个初来乍到的外来客言辞夸大，我总觉得在汴京看灯会，别有一番意趣；在灯会中看汴京，则别有一番别处难得一见的古城神韵和风光。

这种独特的新奇有趣的感觉缘何而来？是因了那些盏灯，也因了那看灯的人，还因了那挂灯的街。

先说那街。

几日逗留，我没来得及把这个古城的大街小巷都走个遍，就落脚的这条街，我已发觉了一种古今相映的对比情趣。

这条街的道路并不宽，路这厢，无一例外地随着城市现代文明清风的吹拂，高高耸立起一幢幢四层五层的楼房，楼房的阳台上，也都依依排出几盆经霜耐寒的花草，开封街道树木稀少，因此，这几盆花草，就很有争妍斗俏的盎盎春趣。路那厢呢，则清一色是旧式的翘檐砖房，屋宇虽不高朗，但大多是保留了明清建筑风格的木柱、木门、木栅栏，特别是那雕镂朱漆的木窗棂，很能让人想起“狮子楼”，想起白话小说中所写的布衣小帽的“市井人家”，甚至连门口那长垂的竹帘儿一动，你都会蓦然一惊：是要走出一位肩搭长巾、抹了点白粉的“酒保”，还是珠钗满头、罗裙曳地的“女娇娃”？

且说那人。

也许正月是“闲月”吧，不大的汴京城竟拥集了这么多的“闲人”。

紧挨着相国寺的小商品市场，设在一条长而又长的窄巷内，天天人头攒动，熙来攘往，那琳琅满目的小摊和形形色色的顾客，还真像升平鼎盛的北宋“相国寺万姓交易”的盛况呢！那儿，摆着那么多卖各色小吃的食摊，香气四溢，烟雾腾腾，碗盏叮咚，吆声大作。那个素享盛名的“第一楼”，更是整日顾客盈门，座无虚席，这一切，不也大有以时令小吃闻名天下的汴京城遗风吗？但是，我晓得，这盛况，这胜景，前些年肯定是没有的，假如没有新经济政策带来的春风，一向落后的豫东农民，能这样衣帽鲜亮亮、脸上油光光地率领举家老小来开封大饱眼福和口福吗？

今年，到开封游逛的人特别多，游逛的最主要目的，就是来观灯。

再说那灯。

我们抵达之时，虽是正午，却见鼓楼、龙亭这些主要街区，俱已“东风夜放花千树”了。

说也怪，越盼淡月胧明，偏偏日落迟迟，待挨得黄昏近，笑语喧，好心的店家却又劝阻道：此时去观灯，保准你们挨都挨不到跟前！

纵然心急难耐，也只好耐下心来，远远地站在门口，放眼眺望长街，果然是人潮滚滚，黑压压一片。虽未亲临，可是一阵阵传来的欢声笑浪，越发教人心痒难耐。

好不容易等到了“灯火阑珊”时。哦，这话也许不算准确——已是夜露生凉月横中天了，兴致浓浓的观灯人，还是一簇簇一队队的蜂拥不绝。而现在的灯，一律用电灯泡取代了蜡烛，自然是燃到天明也不会灭的。不过，不管怎样，我们总算挨到了可以挤上去的份儿了。

汴京城名不虚传，而汴京人也果然有奇术异能！你看那一盏盏巧夺天工的彩灯，真是收尽了祥云五色荧煌炫转，那千百盏争奇斗俏的灯，一一在当街密密地排列开来，交相辉映，彩光四射。近近地看，真是千姿百态，大放光华，直教人眼花缭乱；远远地望，只见高高低低，五颜六色，飞旋流转闪闪烁烁，说它是银河垂地，一点儿也不夸张。不信的话，此时你抬头望天，平日如练的素月，也悄然失色，端端的消淡了许多光华。

古人观灯，只能欣赏那奇巧百端的扎灯技艺，点的是蜡烛，糊的是绢纸，纵然天工巧夺，也难经风吹雪打；如今的灯，有了科学技术辅佐，自然更加明亮，你看那象征四个现代化的腾跃而起的奔马浑身通亮，那纵马奔驰的勇士目光如炬，不就仰仗了一颗颗大电珠吗？你看那极为有趣的能与人“对话”的机器娃娃，不也靠的是电子声控吗？最最惹人喜爱的“七品芝麻官”，如果不是电气机械的帮忙，那只滚烫烫的小茶壶，就绝对送不到他嘴边，那把大书“为民做主”的大扇子，他也难挥摇自如啊！

呵，怪不得，所有的看灯人都不恋恋于那些只有光色、只亮不转的小灯，却围着以上那些巨大的、既有传统技巧又有现代化象征的新鲜有趣的大转灯，竟密匝匝地围了个水泄不通。

一点儿不错，尽管观灯是古老传统，但人，毕竟是20世纪80年代的人，现代人最仰慕的还是科学技术、现代文明啊！

兴尽欲归时，在长街的拐角处，却又见到了一幅让我怦然心动的景象——一间小木楼的门窗呀的一声启开，一根长竿软软地伸出来，竹竿头上，滴溜溜地悬了一盏八角宫灯，那宫灯虽小，却玲珑剔透，做工也极精致细巧。一时间，我没看清灯壁上那悠悠旋转的花卉图样，只觉得像飘过去一簇飞花、一团流云……显然，这不属于大街上那些为比赛为灯展而扎的灯，而灯的主人，偏偏独出心裁地制作了它，又悄悄地挂出来供行人观赏，恐怕不只是为了传达心中那不尽的欢乐和无限的诗情吧？

我看得呆了，循了那挑灯的手望去，恍恍的灯影下，只见是一个穿猩红色衣衫的姑娘，许是那衣衫太红，那灯光太朦胧了，我看不清姑娘的眉眼儿，只见她那笑盈盈的脸蛋儿，被身上那件红衫、手中的那盏红灯，映照成了一团艳艳的红云……

那红云，那灯影，久久地晃在我的眼前，直伴着我进入梦境。

午夜，我果然重温了少年时的梦——我见那闪闪烁烁的星星，都从天河里飞溅下来，变成了“灯雨”，洒落在汴京城……

1984年

遥寄菊乡

早就想给内乡寄一封信笺，没料想动笔迟迟，一延误竟是二十余年。

二十余年虽长，感情却如奇异的珠链始终在脑海里熠熠发亮。1985年秋天，我应邀与兄长叶鹏在怡爽的秋光中重返内乡，于是，二十余年前的点点滴滴，就被这条珠链穿缀起来……

哦，这是去内乡的路吗？像，又不像。道上那滚滚的尘沙，路旁那光秃的土丘哪里去了？内乡，二十余年前，你不光以土气十足的名字，令我这个初嫁的水乡少女大为惊骇，一路上，你还以凛凛寒风漠漠黄土，让我着实地饱尝了风霜之苦。刚从饥馑中熬过来的河南农村，一路行来只有四个字可概括：清冷无边。

从高低起伏的荒野望过去，我初识了内乡的贫瘠；从破篷布遮盖的大卡车上灰头垢脸两膝僵硬地下来，我凄楚又怅然。

呵，内乡，内乡，莫怪我的软弱和惆怅，历史老人在中原大地刻画的1962年，是比我的描述还要艰苦严峻的篇章。

哎，我没认错，这正是去内乡的路。可如今，大路两旁是这么丰腴的田野：秋收的绚丽场景还未消隐，冬播的多彩画笔又悄然着色；这一头，未摘尽的花蕾尚在棉株间绽银吐絮，那一边，一棵棵粗壮的棉柴早已起拔。看得出来，忙碌的农人是想教那垄垄土地早着新装；无边无际的麦田，一垄垄刚出苗的冬麦青郁郁地泛着油光，像一块硕大无朋的天鹅绒，坦坦荡荡地铺展开来，那样柔软，那样美丽，诱得你直想躺在上面打滚，诱得你直想放开喉咙大吼两句梆子或越调！

眼前的路，是平平展展的柏油路。载货的“解放”牌汽车和载人的客车，川流不息，漂漂亮亮的小“面包”和各种牌号的小轿车竞相奔逐，好一条五彩缤纷热热闹闹的大马路！马路中间，还不时响起拖拉机和摩托车的轰鸣声，嘿！还用问谁是主人吗？只要看看驾驶员那脸面模样，只要看看那神气昂昂的架势，那摩托车，那拖拉机，当然是驾车人“自己的”！

我当然相信内乡会变的，斗转星移二十余载，内乡能不变吗？可我没想到内乡竟变得这么好！光是进城的大路，光是城外的原野，内乡就向我呈现了如此迷人的新貌。

这是内乡的街吗？不，不像。内乡，你的街，我记得。那时只有东边和北边两向，略有集市的模样，西、南两边没有半个摊点。记得当时整个县城白天冷冷清清，一到晚上就黑咕隆咚。街中心那两间转角小平房，是唯一的“百货公司”；街那头，有几辆卖红薯的架子车和一挂卖羊肉的秤钩，就算是大市面。哦，内乡，我曾记得在那些生病的日子里，在那空空荡荡的街上走过来又走过去，希望找到一点儿可以下咽的东西但又不得不一次次地失望而归；曾记得我因顿顿都喝玉米糁掺红薯呕吐反胃，学生为了给我找熬粥的大米怎样爬坡过沟连夜走了二十五里，才捧回来一把米渣似的大米……

哦，没有错，这就是内乡的街。你诧异这一幢幢赫然耸立的大楼吗？你奇怪这各式各样的高层建筑把原先的那两间“百货公司”衬得也成了不起眼的小货摊吗？是的是的，这些高楼大厦是唯恐在现在的年月里太迟慢，才东一幢西一幢慌慌张张地拔地而起。

无暇久久驻足，不及细细观览，如梭子度纬，如燕子剪柳，我收不住匆忙的脚步，直扑二十余年前的住地——内乡高中。

忘天忘地，我忘不了儿时的故乡；忘天忘地，我忘不了“内高”这个没围墙的校园——那排矮趴趴的原作为教工宿舍的平房虽然极为寻常，可那儿有半间小屋曾是我的“新房”。我在那里住了半年，那扇没油漆的木门，那个可放置煤油灯的窗台，那歪三扭四的檩条撑着席箔的房顶，甚至连门口那块凹凸不平的砖石，都曾在我梦境中一次次地出现。

咦，这哪是“内高”的校园？呵，莫怪我归燕不识旧画梁，你看这气派十足的大门，你看这修筑整齐的新围墙，你看这几幢新崭崭的教学大楼，都是这样敞亮堂皇。宽阔的大操场，能开千人运动会；幽静的校园小花圃，一丛丛争妍斗俏的墨魁粉莲，正竞相开放……呵，怪不得“内高”的升学率年年名列榜首，撇开老师们的努力不说，一个宁静幽美的校园，对于悉心攻读的学生，无疑是个天堂。

呵，那排平房还在，那半间小屋还在！据说它们也将要被拆除，可我居然还赶得上再看一眼它的旧迹。呵，低矮的门楣依旧，小格窗的窗扉依旧，连房顶也仍是歪歪的，那檩条，那依然露着灰黑的席箔。哦，小屋，我的新房！

伫立在屋子中央，我恋恋四顾，细细寻觅，热浪在心头奔涌，泪花不时涌上眼眶……哦，这糊在土墙上的报纸，是否还是我当年歪着头读过的那张？这遗忘在窗台上的一个煤油灯“火口”，是不是粗心的主人因离去匆匆将它遗忘？不，不会，怎么会是呢？明明知道这些联想荒唐，我却没法不想。二十余年来，我到过天南海北，城市、边陲，也见识过东方西方、海内海外的大都会，我忘却了许多繁华热闹，忘记了许多秀山丽水，却断断不能忘怀这里的一切。就因为，泥墙陋室叫我这不在册的学生倍加用功，就因为伴着煤油灯的夜半苦读，我才那样发狂地吸吮“营养”；我忘不了在这儿看过的每一本书，也忘不了在这间小屋的窗下，我写的第一篇以北方乡村为背景的小说——《春倩的心事》出现在家乡的《东海》杂志上……

漫步校园，我细细寻觅，逐一怀想。我想把这里的小树都抚摸一遍，我想把每一条小径都走上一遭，我还想对这里的每一位教师和同学都道一声“你好”！哦，树已非当年的树，路也不是当年的路，迎面而来的也全是不认识的年轻的笑脸，可是，我的视觉却出现了错乱，眼前的全是二十余年前的景象：那每每一到黄昏就端着煤油灯齐集教研室备课的老师，那每每一到星期日晚上就背来满满一兜红薯面馍做干粮的学生；老师们眼里常挂的红血丝和身披的臃肿老棉袄，学生们那冻得赤红的小腿肚和裤腿上星星点点的泥巴。还有那班早早晚晚帮我绞井水又跟我拉家常的伙房大师傅和那几个常常偷偷在我抽屉里塞上一块红薯一把小米的女学生……哦，正是由于这些不是乡亲的乡亲，再苦涩的生活也觉得清冽甘甜，正是由于他们和她们，我觉得和当教师的丈夫即使同住小窝棚也无比幸福。呵，我在这里接受了那么多的友情那么多的爱，所以，我才觉得这笔感情债欠得太久太久，还得太迟太迟……

操场上，一千多双乌亮的眼睛对准了我，热情的主人——我当年的邻居，“内高”的校长要我对全校师生讲话。

天公助兴，下起了阵雨，滴滴雨珠恰如喜泪飞溅；秋光赏客，操场周围那盆盆烂漫的菊花，香气袭人。我讲着，但我不知道都讲了些什么，只任感情的潮水泛滥，只任它和着这密密雨帘倾泻而出……泪眼蒙眬中匆匆结束，哦，真糟，我大概又漏掉了许多该说又没说的话！

是的，我还应该讲，我忘不了内乡，就因为它是菊花的故乡。菊花是我最喜欢的花卉之一，它清高的品格，它傲霜的英姿，都曾以最生动的形态启示我在艰难困厄中不甘沉沦，启示我越是身处逆境越要奋发图强。

看来，我能补偿的只有手中的笔。所以，我要寄回这封迟寄的信笺，携着我的拳拳心，携着我的不了情，酬报菊乡果我之腹、暖我之心的父老乡亲，酬报菊乡那流香吐馥的金盏银台。

1996 年

月明如雪照秋花

西子湖畔依然草木葱茏，玉皇山下依然秋色斑斓，匆忙中一点儿未觉秋去冬来，某日忽然得闻：河南已下小雪。

我兀地一呆，心潮突然澎湃起来，这才想起我已离开河南，这才真正意识到我已别了中原大地。

长期厮守，不觉得丝毫新鲜，一旦离去，山山水水，一景一物，都成了最宝贵的回忆。人走时，只觉得山表恋意，水含别情，这也难割，那也难舍，若不是硬起心肠顿脚一走，只怕是到不了十里长亭就得回头！

人虽走了心未走，一封来信，几句闲话，都会搅起千般牵挂万种情思，哪怕从前只是淡淡之交，哪怕从前只是稍作逗留，此时的我，淡淡交情也会变浓，偶经之地也亲若故土；此时的我，恨不得把千般思念万般怀想，都化作对中原父老的衷心问候！

今天的一封飞鸿又使我沉入遐思，它翩翩来自驻马店。

驻马店在中原大地虽只是小小一方，我在驻马店停留也不过短短几天，但我对这个不算陌生也不算熟悉的地方，却有别样的情怀。

我未曾认真考察过她的历史，但是她的名字，却给了我一种启迪：我感觉到她的久远的文化和她的古老传说。这让我不能不肃然起敬。就凭她的名字，我也不能不顿生喜悦，因为我属马，我喜欢马，我对与“马”沾边的一切事物，总有一种莫名其妙的好感。

驻马店应该是个物华人丰、人见人夸的好地方，驻马店的小磨油香飘千里，驻马店的豆腐皮薄如蝉翼，但是，驻马店闻名在外的，却不仅仅是这些。由于历史和地理的原因，驻马店常闹水灾，一与“洪水”两字沾边，驻马店就带上了不幸的色彩。

我清楚地记得往驻马店去时火车经过的大地。车窗外，一片无边无际的红高粱和秋玉米，在苍凉的秋风里，挺着绿莹莹的秆子，扬着红火火的穗穗。我知道，那年驻马店又遭水灾，秋雨发了疯似的下了七天七夜，激发了暴涨的湖水……就在庄稼地的边上，我看见不止一棵歪倒的小树，但是，那大片的高粱和玉米，仍然不屈地挺立着，望着已经退去的洪水，它们骄傲地喷吐着如火的穗穗。

我还记得住过的旅馆，宽敞的房间，崭新的被褥，可是，探窗望一望对面的山墙，我的心却像被什么戳着了似的：苍黑的山墙墙裙如画——一道道似波似浪的花纹弯弯曲曲，分明地标识着洪水淹过的痕迹。

多灾多难的驻马店！不屈不挠的驻马店！

人都说驻马店害于水也利于水。但是，水给我的感觉是那么亲近。从小在水乡长大的我，最熟悉最爱恋弯弯的小河、清亮亮的水。但是，到了驻马店，我才知道了水的概念并不那么简单；到了薄山水库，我才明白了驻马店的喜悲，为什么全在于水。

我记得，一到堤岸，我曾怎样地目瞪口呆：好一个汪洋如海的薄山水库！神色安闲的主人却说，这有什么，这个水库在我们地区，还不是最大的。

尽管如此，它已让我惊叹连连了。一条机帆船，从汪洋如海的水库这头开出去，突突突，突突突，悠悠荡荡地到了“海”中央，这边的堤岸，只成了一条黑线，那边的杨树，也只望得着树尖，眼前晃荡的，只是一片茫茫的水，只是一片幽深的半蓝半绿的水，那水虽然不似大海汹涌，却也泛着波浪；如铧的船头，犁开了蓝，犁开了绿，只见那蓝蓝绿绿的水浪，一碰上它，便化作串串珍珠，雨滴般地撒在船舱上面……

船儿去，船儿回。归程中，像是有意为我们的造访增加意趣，几条银亮亮的大鱼，竟跃出了水面！

鱼跃出水是好兆头，笑呵呵的主人接着又告诉我，这个水库在何时兴造，现在能蓄多少立方水，养着多少淡水鱼，每年又能给水库带来多少盈利……我不断点头，嗯嗯呀呀地听，我知道自己这鬼脑瓜，从来记不住数字。但是，有一点我不用记也忘不了：薄山水库既浩荡又秀媚！一见它，我就止不住喜气洋洋；一见它，我就觉得像回到我那山青水绿的家乡！

面貌似我家乡，派头也似我家乡，水深鱼肥的薄山水库，待客也和我家乡一样：端上饭来，是鱼，端上菜来，还是鱼！这儿做鱼，用不着油盐酱醋，清烧白煮就满屋喷香；在这儿吃鱼，不是尝个一条半条，而是大海碗盛、大瓷盆端，在这儿吃鱼，你根本想不起还要吃饭！

辞了薄山，又走宿鸭湖。宿鸭湖的辽阔，自然更不待言，汽车在堤上开了好久好久，笑嘻嘻的主人却说六十里长堤，还没走完一半……

宿鸭湖水库是如此浩大，行在水库边上，只见长长的堤，只见密密的树，你简直丝毫觉察不出自己是走在水库边；宿鸭湖水是如此壮阔，放眼望去，你以为是临鄱阳，濒洞庭，只觉得这片白茫茫的水，无边无沿，浩浩渺渺，真如从天上泻下来的！

因为迫在眉睫的防汛工作，大家都在紧张地忙碌着，所有的船只都严加控制，不是特需，不能下湖，我未能目睹宿鸭湖的全貌，更未亲见防汛抗洪时的艰险，因此，我只能把这一场场英勇的搏斗，都留给丰富的想象。据说，防汛抗洪在宿鸭湖，年年都是家常便饭，面对如此浩大的水势，完全可以想见这里的人们，都是怎样的英雄好汉。大自然这个巨人，真是又慈祥又严峻，它把如此浩瀚的水源赐给了驻马店，却又迫使这里的人们，铸就一副钢筋铁骨，年年枕戈待旦，筑起一道道防洪的钢铁长城！

我在驻马店，来也匆匆，去也匆匆，我来不及细细察考，也未曾特意采访，但是，这匆匆一瞥，已使我过目不忘；我知道了驻马店有着怎样如诗如画的山川，有着怎样不屈不挠、勤朴如斯的人民。

深深的感动，伴随着我走过驻马店一寸寸土地，滚滚的热泪，洒落在这杨靖宇的故乡，我在杨将军的故居，屏声静息，久久流连，为的是一行行、一字字地读懂气吞山河的英雄篇章。

1986 年

水 之 思

地球上，最丰盈的物质当属水。

不是吗？“地球的十分之三是陆地，十分之七被海洋包围”——这是我们在小学便学得的知识。

“关关雎鸠，在河之洲。”——中国最古老的诗歌总集《诗经》，开篇首句即写到了水。

“一条大河波浪宽。”——《我的祖国》这首歌曲之所以人人喜爱，大概也因第一句便唱起了水，水的波，水的浪，使风吹稻花的香意更透人心。

“洪湖水，浪呀么浪打浪呀……”瞧，还是水！

水，水，你这人类生存不可或缺的物质，多么纯朴，又多么慷慨。人们诉说穷，常叹“上无片瓦，下无立锥之地”，却好像不曾听谁讲过“穷得连口水都没得喝”；可是，人形容富有曾说“银子花得像淌海水似的”；而论到吝啬呢，也还是有水，只不过“端出来一碗清汤寡水”！

水，水，对你这无色透明的液体，人类的爱心亦无穷无尽：诗词赋，歌曲咏，那些曲尽山水意态的水墨画，常被推崇为精品杰作；每当欣赏那些清妙洒脱的美文时，人们便又赞誉说：“读来如行云流水……”

子曰："知（智）者乐水，仁者乐山。"我非智者也爱水。有水的佳处，常使我流连忘返；我恋水，那年到九寨沟和黄龙，一见轰轰而下的万千飞流，大家赞叹连声，我只默默痴想："唯愿以后葬身此地！"

我爱水、恋水自有因缘，因为从小生长在江南水乡，河畔捣衣、对水梳妆几乎成为水乡女子的"传统"，阔别故土后，我更是常常梦见那条绕镇而流的清清小河，一提起笔来，那河之波、溪之流便漫上笔尖，所以我的散文和小说，很多篇与水结缘。

回归江南后，我对生活过二十四年的中原大地缅念不已，思绪万千条，思念千万缕，条条缕缕维系的，是那儿的人、那儿的土地。

令我最想念的，倒不是最熟稔的郑州、洛阳，也不是那些相交又相知的亲朋好友，而是那几位我至今叫不出名字的村人；我唯一记得的是那地方有条尘土弥漫、九曲十八弯的山道，那个说特别又不特别、说不特别又很特别的山村：黄道水。

我之所以特别记得住这个村名，大概是因为这个村名带着这个"水"字；所以我一直不曾忘怀它，但这个名字带"水"的村子，却异常缺水，缺到了若不是亲眼看见，便难以相信的地步。

我记得十年前去访时是个春日，在南方该是春雨绵绵的季节，这个豫北太行山区的山村，却照例点滴全无。在吉普车早已无法前进，我们同行三人的鞋袜都被干土遮掩得不辨颜色时，那盘旋山间的路，还是曲曲弯弯，没有尽头。

"还得走四五里呢，行不行？"同行的新华社记者老刘问。

"行！"我那时劲头很足，愈是穷乡僻壤愈吸引我，何况对太行山，我还只是初访。

但是，这个地区的干部要通知开会什么的，也每天这么跑吗？我突然想到了这个问题。

“山里人跑腿倒不怕，有什么事，拿个话筒站在山梁上吆喝一遍，山里山外山旮旯的，也都能听见。山里的路就这样，见山跑死马，要真走遍，一天连半道山梁都走不完呢！”老刘来过好几次，对这一带很熟，“对山里人来说，最苦的不是路不好走，而是没有水，缺水！你看，这个小水库，就是这儿远近三个大队的救命水！”

我扭头一看，干黄干黄的山梁下，横着一个胃形的水坑，是的，充其量是个水坑，极小又极浅，那水说黄不黄，说绿不绿，如再不下雨，要不了多久，定会干枯。

“哦，这儿都这样缺水吗？老百姓怎么生活呀？”

“你去看看就知道了。”老刘默然良久才答。

果然，一见来了我们这几个“公家人”，抢先跑出来的是村里的娃娃，大大小小七八个。

那七八个娃娃，全是一件盖过膝的破棉袄，裸露的脖子和细瘦的小腿，在料峭的春寒中冻得赤红；脸蛋倒滚壮，颜色也是赤红赤红的。当地人说那是长年吃红薯吃出来的“红薯色”，那脸颊……呀，怎么回事？脸颊上怎么全是黑色的疙疙瘩瘩？哎，那是积垢，那是长年不洗脸结成的疙瘩。

娃娃们在我周围欢跳，有几个胆大的笑嘻嘻地伸手来拉我，不用说，那小手上也满是黑疙瘩。

我困窘异常，唉，哪怕带一包糖给他们呢！

村支书和三位村干部全来了，大家一一握手，我立即看到了：这四位年龄不一的村干部，脸上、手掌心，全和孩子们一样结着黑疙疤。

我立即不再惊异：这个叫黄道水的村子，一向缺水异常，所以，一年到头大人孩子全不洗手、洗脸，那偶尔有限的天落水，被各家各户的大缸小缸接了盛着后，自然比金子还珍贵；一盆水常常要派三道用场：先洗米洗菜，再刷锅洗碗，再给猪煮食什么的；如果家里的存水吃完了，那就费劲了，得上水库、上极远处的大河挑，通常来回一天，只挑得一挑水。

这样的水，能舍得洗手洗脸吗？

经了老刘的“翻译”，我才听懂村支书的土话：去年，他们全村老老少少特别高兴，因为离村只有三里远的地方，刚挖成了一个新水坑。于是，每家每人分了五斤水过年。

锅灶上烟雾腾腾，支书的妻子烧滚了一大锅“鸡蛋茶”一一端上，面对这一大碗黄花花的热气扑鼻的蛋茶，我的喉头酸涩如堵，两颗泪珠一齐滴在了碗里，一个问号却在脑里盘旋：如此缺水，又没条件修水库，何不想法搬迁呢？

老刘向他们了解那座水库未能最后建成的原因，他们的土话，我只能听个大概。归途上，我又问：这样的穷山恶水，何不干脆搬迁呢？老刘长叹一声，道出了村人们的心曲：“他们惯了，祖祖辈辈都在这里，他们不想动，人恋故土，热土难离啊！”

哦，惯了，不想动，即便贫困到了连水也没有，还是不舍离去！

我半晌无言。那时，我把这看作山里人的拙朴和挚诚，现在却悟出了另一种况味，诚如学者们所说，惯性有时恰恰是惰性，这种只求稳定不思动的心态，是愚昧的听天由命的生存哲学，也铸就了落后被动和世代贫穷的命运，一个连地球上最丰盈的水都无望争取的村落，什么时候才有腾飞的希望呢？

但是，从黄道水回来后，我对生活中这寻常的水，也有了更深刻的体味，总觉得水也是不能暴殄的天物；此后，洗涤物品，我便很自觉地把流速放到最低。看电影《黄土地》，除了感同身受涌上一种难以言喻的滋味外，我还恨不得把那条哗哗流淌的大河牵到黄道水去！

至今常忆黄道水，虽然再不会怆然泪下，但萌生的却是更强烈的意念：如果有机会再去河南，我第一个重访的地点将是黄道水。不知为什么，我断然相信，呈现在我面前的，绝不会是空寂无人的村落，是的，他们不会搬迁，死也不会搬迁！那脸蛋滚壮、小腿赤裸的娃娃儿，会一群群一代代地照样在那儿繁衍生息。

这是黄土地的魅力，也是黄土地的悲哀。

时时长忆黄道水，我将这怨艾又都归结于水；造物主从来都不肯公平，连柔情万种的水也不例外，不是吗？

我还得再絮叨一句：水，实在是不能暴殄的天物！

1988 年

水之念

由于咸潮的侵袭，杭州的饮用水常常浑黄而带咸味。所以，抗咸已成了杭州市政府亟待向民众做出交代的政绩，欣慰的是，抗咸工程竣工在即，喝咸水将会成为不复再现的历史。

起初，这个景况我很不解。我以为像杭州这样有着清流滔滔的钱塘江、富春江的城市，怎会有饮水之患？若说为水所苦所忧，当数我的第二故乡河南。

也是从电视新闻所见，黄河在许多地段已越来越浅，陕西的渭河已见断流，山西的汾水也早已不再哗啦啦地流，水的污染也常像烽火连天时的警报，时时传来；水资源的匮乏并非在遥远的将来；每每得闻种种令人心忧的消息，总令我一而再再而三地惦念河南。

我的惦记不无缘由。十多年前，我曾在一篇小文《水之思》中，简叙我在河南所亲见亲历的有关缺水的痛苦。至今我心心念念那个盘旋在山坳坳中的山村黄道水，那个缺水缺到了每人可分五斤水过年都会使村民们奔走相告的黄道水，如今到底怎么样了？曾经翻山越岭亲走过一遭，我自认对它的状况有一定的了解。我和当时一块儿去采访的报社记者都认为，在这个穷山恶水的地方要解决缺水之患，即使有兴水利之举，也会因劳民伤财而难以奏效，唯一可行的只有搬迁。可搬迁又和那里村民“热土难离”的观念十分相悖。

我在以后的几次回豫探亲中，时不时地，总要向人打听黄道水的近况，可是总听不到一句了然的回答。这也难怪，那村子的确太小了，小得不仅仅在地图上不存在，而且在河南人记忆里也被忽略得几乎不存在。

我如此惦记黄道水，全因为我在河南，对水的记忆太深切。

我到河南第一站的内乡高中，要吃要用的水，都是从几丈深的井里绞上来的；那时，力气太小的我，第一次就被这一望像个大碉堡似的井台吓坏了。我们雨水充沛的故乡遍地水井，尽管河多塘满，水井也是几乎家家必备，是江南小镇的一道不可或缺的风景。我家老宅的那口小水井，更是石栏围砌，青苔长绕，仿佛只是生活场景中颇有诗意的一件道具而非生存必需的用物。

记得当时的我，是端了一盆衣物去洗的，可是，累得满头大汗，竟未能从黑咕隆咚的井里绞上一桶水来。若不是伙房的大胖子师傅帮忙，我这盆衣服肯定洗不成。尽管胖子师傅说我以后要用水，尽可以用已经绞上来的在伙房里存得满登登的几大缸水。可亲知了水是要用这么大力气才能有所得后，你哪里还好意思随随便便享之用之？

于是，我在内乡学会的第一道本领是从水井里打水。

也是20世纪60年代初，第一次去哥哥叶鹏处做客。记得当时他所待的孟津海资、长华，也都有这种又大又深的井。到了那里，我对掘井的辛劳，以及一口井对于彼时彼地人的生存意义，就越发了然。所以电影《老井》总能使我热泪盈眶，不是没有因由的。

我还记得鹏兄在有次回家探亲时，告诉我们他在自家的小院里，建起了一个“压压葫芦”（即小水泵井）的兴奋；我还记得他在告诉我名噪一时的“小浪底”工程因为种种原因几上几下时的叹息；我更记得他后来探亲回故乡楚门，老要和弟弟争着去河边挑水。即便挑够了满满一缸，还总要在缸边存上满满一挑。

现在，我比当初更加能体会鹏兄的心情：他与欢流一河的家乡水的亲昵，当然是由于在河南备尝用水艰难所致；他那个“压压葫芦”，不仅在他的小窝，恐怕在许多农村也早已废弃或成无用的陈迹，但在当时，这的确是多么“现代化”多么可爱的“福器”呵！

也许，连鹏兄自己都未必记得这些琐屑的往事了，我之所以牢记不忘，可能还因为我现在已远离了河南，离开了越发亲近，惦念也就越发深切。人的情感皆因生存状态造就，又因别离而加深加浓。

使我更为兴奋的是，不久前，我终于又得悉了“小浪底”工程的进展消息。一则淹没在每日大量新闻报道中的水利新闻，使我如此动情乃至泪花盈眶，我想什么原因也不是，就是因为它曾是我所知悉和关注过的“小浪底”，而它亦将与河南特别是豫西人民的生活息息相关。

我们不相信因果报应，但我们也切不可忽视地球的警告和它常常给人类的惩罚。

所以，我愿千次万次地重复：水，是断断不能暴殄的天物。

1996 年

极目中原情丝长

曙色如霞，万籁俱寂。我祈望能在这了无尘嚣的时刻，静心抒写这封给中原父老的告别信。

纸刚刚铺展，思绪就如脱缰的马，心潮也顿时化作一腔热泪夺眶奔涌……是的，流泪并不总是因为悲哀、怯弱，此时此刻，它端的是感情的悬瀑、恋念的宣泄……

哦，将要离开生活了二十四年的中原大地，怎么来写这个“别”？二十四年的日月搓成丝线捻成绳，那是一束无尽的情丝，这情丝将永永远远萦绕我思念的梦境，牵动我的心弦。

透过泪眼，我惊异地发现窗台草叶上竟有了露滴，它早早凝结在这个辉煌的黎明。难道是为了和我的心潮合韵？蘸着这晶莹的朝露和泪汁，告别亲爱的中原父老乡亲，我越发觉着笔下竟如此艰涩滞重……

我姓叶。“叶子！”“小叶！”我在中原大地生活了二十四年，我的同事、朋友这样亲昵地叫了我二十四年，我快快活活地应着，无比欢欣而慰藉。在我渐入中年、儿女比肩后，我的朋友、同事依然这样亲昵地叫着。那一声声不同的音腔，那有劲儿的落音特别重的“小”字，那亲切纯朴的充满泥土香味的“叶”字，那地地道道令我心暖神驰的河南腔呵！

我喜欢这个姓氏。这个称呼，仿佛也最能概括我的经历。是的，我曾是生长在东海小镇的一芽草叶，由于先天的“缺陷”，无可例外遭遇过霜侵雪欺，生活的旋风使我飘落中原，我在黄土地的一角悄悄生长，吮吸着黄河浓酽的浆液壮筋强骨；在历史错杂而沉重的脚步中，我与同时代人一样，和亲爱的祖国同受磨难，坎坷的生活锻我心志，曲折的道路炼我毅力。

历史终于翻过了沉重的书页，只要经历过二十年前那场噩梦的，只要承受了十年前降临的这场甘霖的中国人，都会有同一的歌喉，都要同声欢唱一支心中的歌——党的十一届三中全会！没有十一届三中全会，就没有中国知识分子的今天！

我欣幸我也是这样一片得享甘霖的叶子。正是在中原大地，我这片小叶枯而复生，我想说，我想对全天下人说，我多么庆幸我是这样一片幸福的小叶，在党的温暖的怀抱里，在辽阔的中原大地，我实现了少年时的文学梦，承受了许多同龄人所渴想的时代的恩惠。流水红叶诗千行，我写不完心中难以言喻的感戴。

我属马。我常常忆及我出生的马年曾是一个战乱和饥馑的年代，我常常以马策励，并愿马的不断奔驰的形象闪现在眼前。

我爱马，更爱这块驰驱腾跃的中原大地。这几年，我有幸走遍河南，不消说宋城开封，不消说古都洛阳，就连洪荒有缘、胜迹几无的驻马店，也让我难以忘怀；我忘不了曾经和泪痛饮过的红旗渠水，忘不了在山路崎岖的黄道水得享的那碗鸡蛋茶，忘不了民权县沙土窝中种植的葱茏的果园，忘不了潢川城南那个可供垂钓的大农场黄湖……我感念这片大地上的山山水水，更感念这片大地上敬爱的父老、师长、亲爱的同志和同行；我无须一一开列这些恩师挚友的名字，“父老乡亲老师同志”，这八个庄严而亲切的大字，就是最好的缩写和概括。

我的父老乡亲，我的老师同志，我的中原大地的所有交往接触过的读者朋友们，我难以一一叙述你们对我的关切和爱护，但我将记得你们每个人的面庞，那每一缕如霜如雪的华发，那一道道蕴涵智慧的褶皱，那一双双在我困难时伸过来的有力的手，那一句句在我困惑时响在耳畔的灼人话语，还有那一封封注满了浓厚友情的远方来信……我只想说，在文学之路的艰难跋涉中，没有你们的鼓励鞭策，我很可能疲惫落伍；没有你们的热心扶持，我也许在某个转折时马失前蹄……二十四年的岁月飘逝如一瞬，二十四年的每一瞬却都有无尽的思念和记忆。

情千重，恩千重，一声“走”字难出口。我的父老乡亲、朋友们，你们是如此怜我衷肠知我心，你们知我身在中原心在江南，纵然千山阻隔，仍念念不忘故乡的那片绿荫。我铭感你们大度的胸怀、深挚的爱意，为了将草木移植到更宜生长的土壤，你们宽容了我的选择。哦，去也终须去，别也怎生别？我的同志、朋友、乡亲、父老，我将永远记得你们蔼若春山、澄如秋水的眉容，我将记得你们依依难舍的眼神，我更记得你们热烈诚挚的挽留、语重心长的叮咛。

呵，亲人们，朋友们，请谅解我的执着，请谅解我的选择！我的离去，不是忘情，不是负心，我只是想，只是想在有限之年，在更宜我气质的故土中，伸展我的根须，繁枝萌叶，再发更多的春华，再结更丰硕的果实，这，也许是我最切实的报答。

山将别情绵绵写，水带离声入梦流。在即将离别的时刻，我想再呼唤一声我的长辈、亲人、朋友，在我将去盘桓的苍黛的括苍山，我的脑海将倍加频繁地涌现邙山、太行山和大别山的雄姿；在我将去游弋的滔滔东海，我的耳畔也将更加清晰地鸣响黄河的涛声！别了，亲爱的中原大地、亲爱的中原父老，山再高水再长，永远永远隔不断我对您怀恋的深情……

1986 年

也说煽情

这年头，新名词数不胜数，于是，我这个接受新事物能力较差，特别在新名词的记忆上忘性很大的人，常会对着报纸、杂志层出不穷的新词发呆。呆着时就为自己的孤陋寡闻难为情。如果不是年龄不饶人，愚钝不可救，真想去个什么“新时代语汇学校”好好补一补这门课。

比如说“煽情”这个词，照理说不是什么新词，可是，我直到不久前才对它有所体会。

那是在洛阳参加“牡丹花会”以后。

四月间应邀去赴洛阳的第 13 届“牡丹花会”，纯粹由于第二故乡的号召力。因为，我并非第一次领略花会的盛况。早在第 1 届花会时，我就曾对那人看花、花看人，挤落鞋子一大车的热闹景象表示惊叹，若说为看花，那么，四月的杭州更是姹紫嫣红，“花港”的牡丹园，无论布局还是品种，都可使情有独钟的赏花人倾心不已。话虽如此说，我还是去了。此行不为牡丹醉，只为亲情入洛中。毕竟，阔别中原，离开我的第二故乡，已经九年了。

人的感情就是怪。在河南时，哪怕听到一声带“蛮子腔”的乡音，就如暑天喝冰水般舒坦，一回浙江，又特别愿意听到来自河南的消息，说实在的，这次兴冲冲回去，就是为了再听听

“俺”“恁”“中中中”的话腔，就是为了捧一捧那埋得住小孩头的大海碗，喝喝那让人鼻子尖冒汗的胡辣汤……

五年前没有看到庙会的遗憾，这次终于得到了补偿。庙会的举办者为我们这些客人举行了专场演出，于是，我饱尝了那些极有生活情味的节目，尤其是那两场由不同团队表演的“河洛大鼓”，更是名不虚传！

这两支团队的确切名字我已想不起来了，反正是河洛地区的村社，好像也都沾了个“龙”字。相同的是，这些为牡丹花会助兴的民间表演团体，均是自愿参加，不收任何报酬；另外，因表演者全是该地村民并且河洛大鼓是源远流长的传统节目，所以绝不存在谁侵犯谁的版权问题；不同的是，这两支团队，一支是清一色的膀大腰圆的男子汉，另一支却是女娇娃唱主角——擂鼓手、铙钹手全是女的，而为之伴奏音乐——吹唢呐、竹笙的，却是几个须眉皆白的老大爷。

不是我出于同性便偏心，而是那支娘子军团队确实比男子汉们还英武。只见她们头戴英雄巾，腰扎宽板带，手脖一副红箭袖，脚上一双朝山靴；张张脸蛋儿搽得油红粉白，浓眉下的大眼乌溜溜打转，只见令旗一挥，虎彪彪一行人马唰唰上场，还未开擂，只这气势就夺人三分！只听密密的一阵鼓点，似千军万马踏雷而来，大铙钹哗的一声号令，那威风震耳的鼓声顿时大作，坐在看台上的我们，只觉得一颗心跃跃欲出胸膛，面前的白龙、黄龙，龙腾虎跃，卷起了一阵阵黄白相交的狂飙，自己也置身在千军万马的战场，恨不得立即就擒他个敌酋贼寇，闹他个人仰马翻。

一会儿，那变化的鼓阵，忽又变成了俏皮的狂欢台。只见那几十位比男儿还男儿的女英豪，忽而倒仰着身子擂，忽而又侧着腰肢擂，忽而又将手中的鼓槌高高抛起，扔给对角，对角就绕着花儿接，霎时，只见满天的鼓槌争相飞舞，一会儿又全都笃笃地落在了对角手里；那鼓声是只紧不松，那乐声也是又欢又闹，只这一会儿，便把万千观众的心给搅得如水涨秋池，只这一会儿，便把大家的心绪给鼓得按捺不住。也就是这一会儿，我从形到意明白了"鼓舞"这个词！还就是这一会儿，我想起了另一个词：煽情。的确，河洛地区的这些农民，这些很可能不懂什么时髦新名词的农民，她们用来自生活的真情实感，用得自生活的质朴意识，把一种饱满的情绪，传递得多么热烈，把生活的欢情，煽得多么红火。

可敬可佩哉，我的河南父老乡亲！

1995 年

又见开封

我从杭州来开封，感觉就像回娘家。

眼前是曾经熟悉而又陌生的景象：这透着新秋气象的庄稼和大地，这绿荫如伞的行道树和远比杭州宽阔的马路，这拔地而起鳞次栉比的洋派非常的高楼和大厦……

这是我阔别21年的第二故乡吗？

是，当然是。是河南，是俺的河南，是有着俺许许多多朋友的河南，是有着郑州、开封、洛阳、安阳、南阳、信阳等许许多多城市的河南……是魂牵梦绕几十年至今未曾忘怀的河南！

是，当然是。是河南，这是俺河南的开封，这是曾经教我兴奋赞叹、痴情凝望过的古都，是我以“汴京的星河”为题纵情描绘过的开封啊！

缘分是如今的热门词。也许我太看重了它，因此对那些刚见面就说缘分的轻率语气，反倒心生疑惑。因为我觉着这是个在心里生根轻易不肯与人言的字眼，这是一旦道出就不由得两眼含泪、心尖微颤、浑身发热的字眼，这是通常只在夜深人静时，才会在心底启封呼唤的情愫心语呵！

45年前，被命运的丝绳所牵，我在中原大地度过了整整24年。24年，8760个日夜，那是午水风来、金鸡月上的日日夜夜，且不说对包括了开封在内诸多地方的因熟稔而生的亲情，也不说与中原大地父老乡亲度过了这许多日月的打断骨头连着筋的半辈子厚谊，单从地域历史上说，开封、杭州这两地，本来就是情分相牵、地缘相切、扯连着百姓大众、联结着你你我我的姐妹城哪！

从得识开封起，我就从心底敬重它的历史和曾经的荣耀，翻阅开封那绣龙绘凤的历史册页，我觉着一图一文都体现着古色；阅读开封的诗词楹联，我更感到每字每行都透着古香。

因此，我再识开封的第一词语还是：古老。

2700 年，这是明明白白铭记在史籍中的数字。但是，开封鲜明生动地跃然于我们脑海心间的，却是那些镌刻着殷商、西周的钟鼎铭文，是那座刚峭巍峨、傲然天地的铁塔和敦厚如山高台诵经的繁塔，是凝聚了七朝荣华的龙亭大殿，是荟萃了古都艺术的汴绣，是呈现着千秋精华的碑林和脍炙人口的美食……

开封的历史，在典籍的记载中曾经辉煌一时，但在相当一段时期，却像未被得识的一位美人，埋没在高山深谷，更像一位被时世冷落的垂垂老者，只在少数历史学家和文人的凝视中沉默地徘徊踯躅。

遥知黄河源头远，独教开封灵气多。开封毕竟是开封，开封毕竟是曾经天子脚下的城郭，和中原大地所有名城一样，这个曾经名曰“启封”的都城，越尽千年风霜漫漫踯躅地行来，终究还是中国特色的威风锣鼓为她真正喝道“启封”，总归还是改革开放的顺时东风催得她生机焕然。于是，“忽如一夜春风来，千树万树梨花开”，这个又曾经名曰“汴梁”“东京”的古都，哗地一下脱去了陈旧的青衣小帽，哗地一下掀开了遮颜的面纱，于是，就像娉娉婷婷、风姿绰约的美人，从黄河的波光涛影中跃然而出，只显得更加出类拔萃，只显得更加容光焕发；开封更像一位雍容大度的长者，早已不再心浮气躁，她气定神闲从容不迫地用手中那根传承了两千多年的智慧手杖，巧借时代的春风，一一点化了她自身的从古到今的文化光彩！

文化是民族的灵魂、城市的灵魂，也是这个地方经济能否持续发展最内在的要素。要识开封，就得先识她的文化；再识开封，更得细细品咂她的文化和敬识创造文化的人。

今天，我这个曾经与她缘分深深却又一度疏离的迟到者，满怀一份歉意，再添一层敬仰，虔诚地从头再识这位长者。

“用眼睛观察古城，用心灵感知开封”——中国作协采风团为作家们营造的就是这样的机会，这两句直白的表意，在我这个当河南不是故乡胜似故乡的人听来，字字句句都显得情真意切。于是，情真意切的我们，各个从天路云程中飞抵，一起来从头敬识开封。

五天的访问，不长也不短，开封于我们的馈赠，就像中原的高山黄土一样厚重。这厚重，在于开封为我们倾心又倾情地敞开了迎客之门，在于她殷勤而周到备至地对待来自四面八方的亲朋旧友；这厚重，更在于开封对大家的开诚布公，极有“放鹤去寻三岛客，任人来看四时花”的豪放情怀。

于是，从踏进开封的第一步起，我就感到自己不是在采风而是在重访旧友，不是蜻蜓点水地游览而是又一次回了老家。

回家所见第一眼物事，便是在我们面前徐徐展开的长卷《清明上河图》。

我们今天所看到的，是更曲折的“卷”，更鲜活的“图”。

声震四方的威风锣鼓，是在迎宾门前被浓须长髯的包公所率领的一群虎虎有生气的后生小伙敲响的，这古老欢快的大公园的幽远而又蓬勃的祥瑞之气，是随着宾朋游客的脚步渐行渐浓的；当今天的开封，以如此恢宏的开篇诠释着曾经是启封、汴梁、东京的风俗景观、艺术而又家常地将它衍化为百姓大众所喜闻乐游的大型公园“清明上河园”时，我们不由得更加感念张择端，这位椽笔纵横的画师不仅在从前，就是在当代，也是功莫大焉！

“一朝步入画卷，一日梦回千年”是“清明上河园”的简洁诠释，也是在开封街头随处可见的广告语。“清明上河园”这个大公园所凸显所涵盖的，不仅是开封历史风貌、风俗景观的生动洒脱，其三步一岗的内容，更有与当下百姓大众心理相接的人文关怀。所以，它成功了。这成功，不仅体现在游客总如过江之鲫的盛况，体现在有众多海内外媒体的赞美和激赏，更体现在开园至今仍然很具吸引“回头客”的魅力。说到这里，我也忍不住来个“现身说法”：此园开园之初，因山东菏泽一项文事活动的安排，我曾随大队人马来此观光，虽然来去匆匆，却是观感大好、印象深刻。说实在的，像我等这把年纪，又有过山南海北的游踪，通常不大会对一个景观有一看再看的兴趣，我之所以对开封的这个园子乐此不疲地不乏再看的兴趣，就因为它有既高雅又市井的魅力。“清明上河园”的成功，除了上述因素外，还因为它的总体构思，虽是由长卷《清明上河图》“衍化”而来，但“衍化”得极有创意。更值得称道的是，这“物化”了的长卷，古东京、老汴梁那些“原汁原味”的神韵宛在，生动依旧。在游客眼中，无论是有着“故事情节”的或水上或陆地的表演，还是随地而生、随处可见的诸如高跷、喷火、斗鸡的游艺逗乐，特别是织布、绣花、剪纸、刻石等更加有趣虽然不过是民间百姓的才艺展示，但因了游客随时可参与的互动，就会使人觉着身在其中、乐在其中的无比新鲜。

不怕不识货，就怕货比货。就这一点来说，我倒觉得创始得比“清明上河园”更早的杭州“宋城”，虽然场地也不小，现代科技手段比“清明上河园”运用得更多也更巧妙，但从内涵来说却乏善可陈。因此不少人认为它只是巧挂历史之名，实则是单纯的“游玩城”，在烘托文化氛围和契合古今角度上，实在要比“清明上河园”逊色多了。

所以，我觉得开封“清明上河园”的成功，是因为创意者牢牢把住了历史的文脉，握住了寓文化于娱乐的“核心”，所以，它既经得起有识之士眼光苛刻的考量，也迎合了百姓大众的喜闻乐见。

关于“清明上河园”的主题创意、布局结构以及规模效应等优胜之处，由河南大学所编的一套旅游文化著述已道其详，其间作家高树田的一篇《开封赋》，更有画龙点睛之功。我之所以在开封开卷的第一眼便触及了视觉的兴奋点，就是因为从古往的《清明上河图》到今天的“清明上河园”，恰恰应合了我赞美开封文化的第二个词语：厚重。

为开封的文化再添厚重风采的，自然不只是这座“清明上河园”，那收藏了许多珍贵文物的延庆观，那坐落于市中心的皇家佛刹相国寺，那无限沧桑的禹王台和为纪念盲乐师师旷所建的吹台……都是开封文化的“大气”。

开封文化之丰富多彩，绝非三言两语可以概括，欲探斯道源头，就是缘于她的古老和厚重。

我在“又见开封”的五日悠游中，再度深深触及神魂之处，是在与开封相近相挨的兰考。

初次得识与开封相挨相近的兰考，缘于它的灾情与苦难。没来兰考前便牢记了与兰考息息相关的两个字：风沙。曾记得第一次到河南，火车首先经过的，便是豫东的兰考。车厢外的萧索景象、火车旁衣衫褴褛满面尘灰的灾民，无不烙着强烈的苦难印记；更记得在中原大地落脚后多次到访兰考，在装满灾情与苦难的记忆仓库中，千撮万扫扫不掉的还是这两个词：风沙和贫穷！

风沙的兰考，贫穷的兰考！

脑海里再次掀起有关兰考的冲天巨浪的，却是一个至今依然光彩熠熠的名字：焦裕禄。

焦裕禄是山东人，他在兰考的工作时间只有一年半，可我和所有的河南乡亲一样，更愿意将他看成是我们河南人，兰考人。世上许多非凡的建树不能以时间论短长，历史上许多惊人的业绩有的也是在“瞬间”完成的。第一次从报纸上得悉焦裕禄这个名字时，他瘦削的身影牢牢定格在我们脑海里的是：“县委书记的好榜样”。当年，焦裕禄这个名字如鼙鼓、如军号，他惊醒的，当然不只是县委书记的良知和干劲儿。

时间的车轮前进了半个世纪，焦裕禄这个名字不仅没有被岁月风化，反而如火中真金愈见光彩，人格大写的焦裕禄，是人民公仆的典范，也是实践“以人为本”的真正共产党人。我总觉得，焦裕禄最最感动我们的，不单单是那把被硬物顶出了破洞的藤椅，不单单是他如何身体力行地带领兰考人民栽泡桐战风沙，不单单是他艰苦朴素坚持工作到最后一息的精神品格，更是他身上透现的最彻底的人性，是他雪夜来到破衣薄衾的老饲养员家、被对方热泪滚滚地称为比亲儿子还亲的人的那一幕！

每每一写“焦裕禄”这三个大字，我总不由得思绪万千，不由得忆及当年的电影《焦裕禄》所赋予我们再次的精神震撼，电影《焦裕禄》的成功，就在于它质朴而毫无矫饰地再现了焦裕禄的人生，也是当年，我在那篇含泪写下的千字影评中，不假思索写下了题名“大哉，焦裕禄！”后来，我对演员李雪健深怀近乎崇敬的好感，就是因为他质朴而出色地扮演了焦裕禄！

焦裕禄的事迹，是给所有的共产党员和国家干部的一次最强烈最有效的精神洗礼，焦裕禄精神的价值，就像如今耸立在兰考公园那棵他手植的历经四十年风雨至今已成参天大树的泡桐一样，硕大无朋、浓荫如盖，当精神力量被认同被激发被潜移默化为巨大的效应后，真应和了后来的又一名言：榜样的力量是无穷的。因此，我们看到了整个兰考所承载所得益的，就是焦裕禄的精神，此地后人所歆享的，也不仅仅是如今遍地栽培的泡桐所产生的经济效益，而是更多可触可见的成果。因此，当我们亲眼看见如今的兰考早已将那些可怕的沙丘化为泡桐的遍地阴凉时，当我们在两家用泡桐材质制作的乐器厂尽情参观，聆听那厂家乐队用自制的大阮、小阮、琵琶、古筝动情地演奏《步步高》时，我总觉得，在我们这些眉开眼笑的听众中，一定还有一位隐身的永远的听众，那就是焦裕禄！

于是，当离别焦裕禄纪念馆时，我又一次不假思索地在纪念册上写下了：“大哉，焦裕禄！壮哉，泡桐树！”

所有奇迹的产生，都来自人，开封兰考的新气象，足以说明开封人民的勤劳质朴。勤劳质朴，是我再识开封的又一个切切的“认定”。勤劳质朴的同义词和相关词，应该是大音希声，大象无形。

是的，勤劳质朴，是中原人民最基本的品质，古老厚重则是包括了开封在内的中原文化的品质，而古老厚重与勤劳质朴如此相挨相近，就像深渊和大鱼不可分离，就像大地和林木必然相生相依一样。

2008 年

青岛篇

城 市 的 明 眸

每年都想看一次海，是我永恒的一种情结。

这情结的那一端自然就系在了与海相连的地方——蓝天碧海、绿树红瓦的青岛。

青岛是最可人的北方城市，可人的形象在心中装了几十年，渐渐凝固起一种家园式的情感，渐渐地觉得天下虽大，好像没有一处可以与她媲美，每次到访青岛也总找得出那种唯有自己才能体会的优美可爱，就像对于相亲相爱而又远离的情人，正因为不能长相厮守，她的一颦一笑都让人心旌荡漾，她身上的丝丝缕缕都在散发令人依恋、令人迷醉的气息，因而就觉得在她身边度过的分分秒秒都让人倍加珍惜。

距上次去青岛，一晃就是六年。

六年之后看青岛，她的变化之大在意料之中也在意料之外。说“之中”，那当然是和各地正在飞速发展的城市一样，耸入云天的楼房毗连成林，新潮的建筑群，为这座本来就很“洋气”的滨海城市更添气派；说“之外”，那是我虽然早知她凭借“滨海”的优势造就了许多不同一般的景致，海滨的这一湾、那一凹，本来都是现代人最爱聚居的“黄金宝地”，而今，这些“宝地”人气大旺，每一凹每一湾都争奇斗巧，迅速生长的新景观，更教她成了碧海蓝天中的仙乡！

蓝天碧海的大背景，使青岛的景致总是那样色彩绚丽，地形的起伏，又使青岛那些本来就很欧式的建筑，越发妖娆多姿。六年后看变化了的青岛，就如看拔萃的丽人，美轮美奂、仪态万方。

我将青岛如此作比，是在于她并非传统概念中那种只有闭月羞花之貌却羞于人前的古典美人，而因她确是那种既“前卫”又“先锋”的现代靓女。我们常说，靓女之美，首先在于有“巧笑倩兮，美目盼兮”的美目。作为一个现代城市，必不可少的是要有与之匹配的城雕。

城市雕塑，就是城市的明眸美目。四处徜徉，我骤然明白了青岛变得如此之美的缘由。

注重文化、开辟文化资源，也是青岛人的聪明之举，百花苑就是较早开发的一处集园林和雕塑之美的所在。那日，游览到此，似有若无的细雨使游赏倍添优雅闲适，潺潺清流为掩映在苍松翠柏中的名人雕像作着永远的歌吟。20 座人物塑像多半是山东籍，在青岛留下青名的闻一多、老舍、沈从文等文豪赫然矗立。浙江籍的生物学家童第周、海洋学家毛汉礼、教育家华岗也被铭刻，令我这老乡分外感奋。

东海路是随着东部的发展开辟的新路，缘因建设者的匠心，这条新辟的傍海大道，逶迤着一片雕塑园区，有着无边碧海作背景，那像一串珠链相环的雕塑园区，光听名称就让你觉出了不凡：海涛、海趣、海风、海韵……在海风园区和海韵园区间，有非常宽广的五四广场；广场上矗立着大雕塑“五月的风”，凭颜色可以看作火炬，而凭造型又极似旋风，这雕塑，一下子就将青岛人在发展变化中的气派和雄心，浓缩而凝练地表达出来了。

从五四广场往西，就是海韵园，“海韵园”无愧其名，“海生风韵”地稍稍一弯，又弯出了个浪琴园和银都花园；与此相连的是海趣园和海风园，一道百米喷泉挽起了东西两头的园区，而尽西头，便是尽现“明眸”之美的海涛园。

坐落于太平角六路的海涛园，是名副其实的雕塑园，它的主体雕塑是一座名为“天地间”的青铜雕，而此间的拍天海浪所形成的背景也特别壮观，这座 12 米的雕塑从立意到造型，与青岛这座城市分外相称：造型是一双巨足上立着一双巨手，两手之间托抚着一个球，既可看作一双强劲有力的手托着宇宙空间的地球，也有“掌握现代科技的人类已经到了可玩地球于股掌之间”的意味和喻示，总之，气派极了，也雄伟极了。

海涛雕塑园令人最动心的自然是它那有着十二根雕塑圆柱的“世纪长廊”，这十二根花岗岩雕圆柱相隔几十米而竖立，每一座高约 8.6 米，上端的花纹各个不同，下部的内容则包括了大禹治水、愚公移山、戚继光抗倭、郑成功收复台湾、四大发明、李白与杜甫、尧舜禅让、将相和、文成公主入藏、田单火牛破燕阵、孟母三迁、司马迁治史十二则故事，创作者则是中央工艺美院的雕塑家们。尽管这些人物或故事的选择，从时间衔接上也许有点随意无序，但毕竟都是很有意义的题材，让人深感“世纪长廊”的确立意不俗。

有意思的是，创作者在雕刻这些故事时，也没忘记刻上一些有意义的诗句，在李白与杜甫的那组雕塑中自不必说，在戚继光抗倭的那一组中，也有“封侯非我愿，但求海波平”这样的豪语壮言，在波涛汹涌的海边读来，使人倍添豪情。

令我感动的还有一点：这个雕塑园区还设计了铜牌制作的盲文说明图，让那些“看不见”壮丽景观的人也装上一双“明眸”——能够通过触摸而感受其间的美丽。

我之所以不厌其详地记下这一切，是因为这里着实使人迷恋，使人分外感觉到了青岛这座城市的雄伟博大，而使人造成这一感觉的，乃是建设者的智慧：是他们在必不可少地矗立城市的森林般的建筑群时，没忘为她“安上”一双双“明眸”，而恰恰是这一双双“明眸”，使青岛倍加亮丽，让她充分地展示了自己的个性。

1999 年

青岛变奏曲

在我生活的历程中，青岛是独特的一章。

二十一年前的七月，当大海轮驶进青岛的门户——大公岛、小公岛时，我顿时忘记了晕船的不适，眼睛一亮，不由深深吸了口气，又长长舒了口气。呵，这美丽的海滨城市，竟使我这个从小喝东海水长大的姑娘，也为之叹服了。

我好像成了一位抒情诗人，普希金的《致大海》像一串美妙的音符，在胸中激荡。碧绿湛蓝的黄海呵，你这高尚“自由的元素”，竟有如此的神力，把万斛珍珠、大块大块的翡翠奉献给岸，缀在美丽的青岛胸前！

我忘记了自己，只遗憾手里没拿着一支画笔——呵，多么和谐的青山碧水、红瓦绿树！可惜我不能尽情地挥洒、点染，飞快地涂抹出这令人目眩的水墨、水粉、水彩……

哦，我又可惜自己不是一名建筑设计师！否则我要把这尖顶、飞檐、圆拱、“哥特式”、“日式”，再加上多棱体石头墙裙的一座座中西合璧的小阁楼的精妙设计摄入脑海，以便今后的设计稿中，也会出现这仿若安徒生童话世界里的房屋。

呵，青岛，你如诗似画的景色，唤起了我如此炽烈的激情，强烈地拨动着我的心弦。莫怪我多愁善感，要知道那时是什么年月呵。1962 年，刚从“瓜菜代”度过来的 1962 年，我看到了从饥饿中走过来的中华人民共和国，竟这么快地使一座城市增添了新的容颜！

我徜徉在洁净的街头，任海风扯着头发、拽着裙衫。这长廊似的栈桥，灯光这般明亮，这照亮海天的一轮明月，又如此娇媚，月光下轻轻跳动的细波，竟像无数碎银撒在大海。悠扬的手风琴时断时续，哦，那琴声，我听出来了，那不是抒情名曲“月光恋爱着海洋，海洋恋爱着月光吗？”

今年仲夏，我又来到了青岛。

站在甲板上，我眯起了眼，眼睛有点发花。哦，星移斗转十七载，我也老了，可是你呢，青岛，也变老了吗？哦，瞧这成百上千挥着巨臂的塔吊，瞧这重峦叠嶂似的高过“东海饭店”的银灰色大厦，青岛正唱着雄浑的前进曲呢！呵，青岛没有变，白色灯塔挺立依然，防波堤上垂钓者、漫步者，仍是那样悠闲，那苍劲的青松，还是那样翠盖亭亭，迎着海风轻轻摇动着它的针叶……

上了岸，那熟悉而又陌生的感觉更加强烈：青岛变了，变了！

这儿原本是有名的西广场“破烂市”，可是，那刺鼻的鱼臭、发霉的铺衬、锈迹斑斑的渔具、震耳的击打破铜烂铁的噪声都哪里去了？八幢拔地而起的七层大楼，列兵线似的一排排大厦，傲然地俯瞰着大海！还有这庞大的冷藏厂、船用锅炉厂，都像雨后的蘑菇“冒”出在这一带！

是的，我不否认那些“地平线”以下的只能看到一片红瓦屋顶的平民住房还很多，只有它们还保持着青岛“平民区”的旧貌。

正因如此，这儿通常是观光者不肯驻足的地方。但是，你只消稍稍一停步，便可发觉这些住宅也有了变化，这些房子虽小，窗前屋后却栽满了盆栽与小树；这些人家虽住得很挤，但十家九家，都从屋脊上伸出一支支昂首叉腰的电视天线！

从那一个个一米见方的窗口，传出来了欢快的乐曲，在一间间十平方米的房间里，我看到了奶黄色的大立柜、擦得发亮的落地风扇，以及水中插着小灯泡的热带鱼的鱼缸……

哦，青岛变了，不只是马路上高楼的崛起，家庭中现代化家具的骤增，更主要的是青岛的人变了，变得更欢乐、更爱生活了！

何须细说细道，你只消看看傍晚嬉笑的海滨，看看那不肯安静的海滩！

浪花轻拍岩礁，该是千百年来的场景，游人漫步沙滩，也非罕见的奇迹。可是，以往哪有今天这般热闹非凡呵！你看，湛蓝湛蓝的海水中，月照中天了，还有许许多多不肯上岸的游泳者！你瞧这曲曲弯弯的十里防波堤岸，东一簇，西一群，若要细点乘凉小憩的人数，恐怕连电子计算机也要“失算”。不，还有呢，还有这一队队“夜练”的小武术家，一组组自动凑拢的“故事会”“音乐会”……还有那呢喃细语的年轻人，盈盈款款，双双对对。哦，大海对恋爱着的年轻人，一向格外青睐，它轻轻鸣奏着小夜曲，美妙而悠远……呵，人们是那样尽兴，笑声是这样畅快，欢乐就像大海那样无边无沿！

当然，聚集在海滨的不只是一色的青岛人，更多的倒是外地来的客人。山东人的豪爽和好客，使青岛的人口“膨胀”了二分之一，盛夏时游客人数猛增！这些游兴正浓的人聚集在海滨，怎能不汇成一个沸腾的海洋?

是的，不是对生活充满欢乐感的人，绝不会有兴致来游山玩水；不是对祖国的未来充满信心的人，绝不会如此笑语喧天。在这欢乐而沸腾的海洋里“泡一泡”，你会顿感精神抖擞，情思飞动，花甲老人也会一下年轻起来……

我爱恋青岛，更为青岛的变化骄傲。我祝福这颗黄海的明珠，变得更加明丽、更加璀璨。

1984 年

浙江篇

痴话西湖

“天下西湖三十六，就中最好是杭州”。

许久以来，我总觉得，若是不掂起一支鲜灵活跳的笔，就难描西湖，也会愧对了她，愧对了她那妍丽绰约的山和水。

许久以来，我总觉得，我对西湖一直欠缺那种独特的心领神会的怀情觅景，缺乏那种沉醉其中的凝思冥想，因此，尽管多次在她身边来去，尽管明知她有倾倒天下的容颜，尽管书架上老早就有好几本有关她的诗话，我却一直没有写过她的只言片语，只恐自己这恍惚的头脑、粗疏的笔会亵渎了她。

我虽然不是浪漫疏狂的人，但头脑恍惚是常有的事，对于太激动心灵的事物，反倒极易走神，极易生出风马牛不相及的种种联想。29 年前初见西湖时便是如此。当时，我只觉得一下子被这个举世无双的美人震慑住了，她那秀丽婉约的丰姿，她那无与伦比的姿色，都使我这个山头海角的女孩子，大有一种不知所措的惶惶之感。其时，加上心境的黯淡和自卑，我只觉得一种无形的压抑，就像寒酸的贫女来到珠光宝气的贵妇面前一样，是那样的不知所措和自惭形秽。

此后，我便生出了这样一种心理：唯有悠游闲适，才好去得享西湖风光；唯有衣履飘然，才配去亲近西子容颜……唉，西湖，西湖，西湖在我心中美得那样高贵、那样圣洁。

此后，我也渐知，对于西湖，任何浓墨重彩的描绘都属多余，任何夸赞的话语都是拾人牙慧。不是吗？古往今来，颂扬西子的文人墨客，所耗之纸可谓聚集成山，所费之墨堪称泼地成湖。写够了画够了的雅士们还扼腕长叹：西湖是“古今难画亦难诗”。所以，哪儿还用得着我这粗拙的笔来描绘她呢？

尽管如此，我还是要说，对西湖，各人有各人的见解，我在心底，一直藏着未曾对她说过的悄悄话。

我的悄悄话只一句：西湖是我解愁的朋友，忘忧的湖。

我还想，假如让我们各自为西湖起个别名，那么，我就赠她这个雅号：“消愁湖”或“忘忧湖”。不是吗？密友或情侣之间常有昵称，我私下这样称呼西湖，自有我的爱意。

那是十多年前的春天，正是西子湖碧桃初绽柳丝长的时刻，我从中原应邀来杭州开会，住处离西湖极近，信步走出不消一刻，便能置身四处如画的湖山中。但因当时我为一位朋友的突然亡故深感悲痛，心头凄切，虽然与会和大家对坐会议桌边，却心猿意马，与文艺界难得晤面的朋友漫步在住处的小园，也无情无绪，毫无陶陶然的兴致。恰好那日下雨，召集者不得不取消原来的游湖计划，那不知什么时候飘起的雨，一直淅淅沥沥地下到傍晚还欲住未住。憋闷得急了，我独自冒雨出门，不觉到了湖边，不管三七二十一，拣了处湿漉漉的石头就坐了下来。

刚一坐下，我便又一次惊呆了：数年前那种被惊人的美丽震慑得不知所措的感觉，再次袭上心头。

好一幅妍媚的湖山图！

因了这雨，四周无一行人，眼前这远的山、近的水，都笼着一层淡淡的云烟，山是蒙蒙的，水也是蒙蒙的，那云烟更是浸透了水雾，似乎轻轻一抖，就要垂下万挂清泉；因了这雨，身旁青绿的柳条，灼红的桃花，也都朦朦胧胧地裹着一层薄得几乎透明的轻纱，那绿是淡淡的，红也是浅浅的，浅红淡绿的万千枝头，都蓄着晶晶莹莹的水珠儿，似乎一拂，便会滴落千行珠泪……

哦，果然花解语，物同心，大自然的同声一哭是这样壮美，西湖湖山的万物共泣是如此熨帖人心，自古美人多傲慢，西湖却善解人意，她似已意会了我的悲痛，竟这样挚情切切，温柔可亲！

这时，空中的雨丝已经无声住歇，一阵小风拂过，我的头上、肩背落满了一颗颗水珠儿。那依依的柳枝在我眼前徐徐摇动起来，似一只纤纤素手，要拂去我心头的阴云、眉头的愁绪……我默默地承受着这无声的抚慰，沉入梦乡般闭眼静坐，一直待到夜幕降临。

我记不得坐了多久。夜幕渐渐笼盖了一切，四周再也看不见那些明媚的景物，近旁不远处，却越来越清晰地响起宛似檐滴的叮咚之声：叮叮，咚咚，咚咚，叮叮……时强时弱，似有若无，悠悠不绝。

我不由奇异起来，周围并无建筑物，那么这动听的檐滴之声从何而来呢？

马上，我又不去揣测了，一切听凭自然，是西子湖为我安排了这有韵律有节拍的“午夜回旋曲”……呵，世上再没有比大自然的抚慰更暖人心，西湖湖山这雨后静夜的檐滴之乐，真如天籁仙曲一样声声动听！

我只觉得彼时神清气舒，千愁作一散！又不知坐了多久，品味了多久，我方起身回了住地。

从此，我分外体会到了西湖“晴湖不如雨湖”一说的不谬。

从此，这个珍贵的夜晚，这个独享的感觉，便像璀璨的珠粒嵌入了心屏，常常在记忆的深层闪烁。

此后，每逢我有了不顺心不遂意的事，脑海里马上就会跳出这个念头来：到杭州去！到西湖这块宝地去坐坐！

话是这么说，远在中原，这念头当然只能是痴心妄想。

现在终于回归故乡、回到杭州了。我竟依然难得常和湖畔相亲，如若不是相陪远道而来的朋友，好像一年半载也难以专门分出工夫，单独在雨丝如诗的辰光，再去与这解忧的朋友絮语亲昵。

当然不是忘怀了她。而是自有一解：造化给世人这样的良辰美景是不会太多的，你能真正得享一次，并有所感悟，便是最大的福祉。倘若滥享滥用反倒辜负了大自然，也就体会不了这独特的意趣。

于是我像保存珍物一样保存着那次的“偶遇奇思”，像依然远在千里一样贮存着对西湖的渴念，像总在等待久别的挚友一样等待又一次殊异的美感的到来。

我愿自己永远不辜负西湖！我愿西湖——我的忘忧湖，永远相伴我左右！

1986 年

美韵无限千岛湖

江南美景，历来缠绵于文人墨客笔下；天堂杭州，最可骄人的是西湖。而今，又一处难画亦难诗的胜景翩然出镜，引爱山乐水者诗画连绵，令中外游客无不倾倒。

这处千娇百媚的胜景，就是淳安县境内的千岛湖。

历史悠久、文明昌盛的淳安县，古为新都郡、新安郡、古睦州的州（郡）治所在。新中国成立后为建设我国第一座自己设计自制设备的新安江水电站，移民29.15万人，淹没土地30多万亩，挥手间，浩荡水库遂成风光旖旎的漾漾湖区，测面积，足为西湖的108倍；1078个岛屿似一只只翡翠玉盘铮然出挑，小如螺黛一丸，大则碧岫千寻。远眺俯瞰，都合了四个字：美轮美奂。

浑然大美的千岛湖，既有可与桂林山水媲美的娇妍风光，更有赛过太湖洞庭的浩瀚气势。趣韵无限的千岛湖，吸引了万千游客纷至沓来。

青山不墨千秋画，碧水无弦万古琴——小诗凝练，最是千岛湖的传神写照。

千岛湖是一架长年不衰的古琴：浩渺的碧水，叮叮咚咚轻轻缓缓地弹奏出了她百折千回的美韵。

天无涯，水无边，天连水，水连天，千岛湖的碧水，因了与钱塘江、富春江、新安江逶迤相接，益发悠长壮美。那水色，浓浓淡淡，浅浅深深，浅淡似翠绿的丝绸，深浓如湛蓝的大海。浅也好，深也好，最妙的是水质冰清玉洁。千岛湖的水，堪称天生丽质，本来就有天落雪水的纯净，又兼家住湖岸的人，将她心肝儿眼珠般保护，这水就更不一般了。外来人进了千岛湖，眼瞳先被染绿，心也被水陶醉，伸手探一探，哟，好清凉！爽凉滑软恰似真丝软缎；掬起喝一口，嗨，浸透心肺的清冽中透着微甜，是甘露，也是山泉，难怪人称：天下第一秀水！

千岛湖岛是一把撒向水面的珍珠：珠练环绕中的芊芊湖岛，都镶着淡黄裙边；娴静如玉的岛屿，似笋似笏，千姿百态。远远近近地看，岛就是山，绕着弯儿走一走，山就是岛。真是你中有我，我中有你，浑然一体的山与岛，装扮出举世无双的丽湖秀山。

在千岛湖，欲要看山，先得上岛。

岛上的山蔚然挺秀，翠嶂青峰，别是一番深峻气象。虽没有什么嶙峋怪石，却是杂树葱茏、青嫩欲滴，好像随处都能流出翡翠珍珠来；四时八节，这些知名和不知名的大树小树，得益于天上的甘霖、地下的清泉，比着绿，赛着长，织成了浓浓密密的林帐。这林帐，缠在山岚雾气中，更似团团永不消散的绿云，绿茸茸，湿润润，时隐时现。绿云掩映间，山腰山巅忽地露出粉墙翘檐，远远近近地看，恰似童话中的幢幢木屋；那松皮桦木的香味，在你不知不觉中悠悠飘入胸臆，等你进屋住下，远离尘嚣、融入自然的快意便油然而生，那山香水气，会将你的梦境濡染得格外甜美。

哦，原来，千岛湖的妙处就在绝秀的水再加绝幽的山！

千岛湖群山似岛，岛似群山：梦菇岛、龙山岛、密山岛、桂花岛、锁岛、蛇岛、鹿岛、鸵鸟岛、温馨岛、姥山岛……渺渺大水中，星罗棋布，争妍竞俏。这些或以形象或以内涵命名的大小岛屿，岛岛有主题，岛岛有情趣。也许，你会沉浸在梦菇岛的远眺中长久驻足；也许，你会迷恋与鹿岛、鸵鸟岛的小动物逗趣而乐不思返；也许，你会为锁岛那串串彩链漫想现代爱情的天长地久而痴痴流连；也许，你在龙山岛因缅念高风亮节的海瑞，而得到做人为官的许多启迪……

如果说这些大大小小的岛，不过是一场好戏的“引子”，那么，待到了梅峰大观，面对着千朵玉莲落碧水的仙苑奇观，你就会更加叹为观止！面对这扑入眼帘的画意，感受这沁人心脾的诗情，即使感觉再迟钝的人，也会心旌摇曳，恍若身在蓬莱仙境。

千岛湖是一个绮丽的梦，千岛湖更是亲切的现实：在这里，你断断不会生发“孤月照寒山，凄凉独徘徊”的心境，却会拥有晓迎晨风、晚送夕阳、夜看明月的人生乐趣。千岛湖原是山峦沉没湖水相浸的奇迹，这鬼斧神工的大自然，教人们在极度爱恋中爱屋及乌，万分珍惜。不是吗？这泱泱千岛丝丝碧流，不但像一轴大山水的长卷一样，教人看到了大处落墨的绵绵意蕴，还在她如梦似幻的意境中令人另有所悟——入夜倚窗时，你看山间明月也好，湖上渔灯也罢，你会在难以言传的情趣中，觉得她的山和岛，像这又像那，其实这山和岛所体现的，是人的精神，是当代人一种不甘随波逐流、昂然奋起的精神。

难诗难画的千岛湖，又像是极细的工笔在淡青绢本上点画的一柄团扇，那水上和山里的人家，就是这“团扇”中最生动的角色。

千岛湖的水上人家和山里人家，在渔火明灭中，拥着古老而独特的山越风情，在涟涟一水间，歆享着他们独有的渔家乐。除了大自然山清水甜、鱼米丰饶的赐予，千岛湖边的人家，还能悠悠清享那种滤却人间喧嚣和杂乱的宁谧，品味当今难觅的古老的静美。在这里，平常的跳竹马、赛猪头的民间小游戏都会引得百姓人头攒动，而那类似东北二人转的地方戏——睦剧，只要一演出，定会人人奔走相告，男女老幼喜笑颜开，欢乐的情景就像过大年。此时的淳安，是乡间风情最浓厚的时光。

小游千岛湖，恰似聆听一阕春江花月夜，教人沉入微醺之境。待饱赏游趣酣然忘归之时，你更会感慨大发而信服古人的吟咏，“恨不将身作画帘”了！

爱山乐水的我，每去千岛湖，都意乱情迷地“沉醉不知归路”，于是，万般依恋中只剩下一个心愿：

我愿化成一只小船，永远停泊在千岛湖畔。

1998 年

水上的绍兴

“粉墙黛瓦，曲水深巷”——清清爽爽八个字，勾勒了一幅线条简洁的木刻版画；“白玉长堤路，乌篷小画船”——两行短诗，吟出一派令文人们最感惬意的景象。

八个字也好，两行短诗也好，虽没有直白写出那处地方，人却都知说的是绍兴。说到绍兴，用不着精绘细描，只黑白两色便能刻出它的姿颜，只一个水字便能道尽它的神容；写画绍兴，任你横横竖竖，不可或缺的也是那道源远流长的水；水，是绍兴的精髓，绍兴的命根。

绍兴和水难解难分，追史迹，听传说，莫过于“大禹治水”。“大禹治水”将水对于绍兴的弊与利，尽道其中矣！这是说过去。在崇仰现代文明的当今社会，一个地方，若被指认为“东方的……”往往也最能成为一种代表性的评价。因此，在很多时候，最让绍兴和绍兴人受用的，还是这句话：“绍兴是东方威尼斯！”

人们都知威尼斯是世界闻名的水城，将绍兴比附“威尼斯”，言明了水与绍兴是那样笃笃相关。因此，这比喻对于绍兴，是无与伦比的评价，也是最直截了当的夸奖。

在没有游历过威尼斯前，对古迹遍布的意大利，自然兴趣盎然，而意大利最富诗意也最富吸引力的，当然要数威尼斯这个“水城”。于是，每每听到这一比喻，爱屋及乌，我对绍兴同时更对威尼斯景仰得了不得：一个建在水上的城市，那是何等的有趣！

游历过威尼斯后，当然有了更鲜活的印象，对照绍兴，越发感慨万端。我虽不是绍兴人，但是，这些年来，拿浙东土话讲：“来来去去，鞋后跟都磨落在绍兴了！”因此，我觉得不管绍兴是否真的很像世界名都威尼斯，只觉得作为一个中小城市，能得到这样的美誉，的确是很能教“伢绍兴人”生出“不枉平生”之慨的。

毋庸我细细描述威尼斯，因为，如今出国旅游已然成为国人生活中的寻常事；在足不出户便能“看遍天下”的时代，媒体也早将威尼斯迷人的风光，制作成各种节目晓谕天下。因此，一到威尼斯，那片浪漫的汪洋便和原先的想象一起在我心中潋滟激荡，而一旦亲见那一艘艘船头尖尖船尾翘翘的“郎多克”载着狂喜的游客们，在座座高楼深巷下的水道中往返穿梭，那穿着 16 世纪服装的水手们是那样潇洒地划着木桨，在一浪高过一浪的欢声笑语中悠悠来去时，我只觉着一颗心完全融入了欢乐之海。此时，即便你只是个威尼斯的匆匆过客，即便你在整个游程中只是稍稍“蘸”了威尼斯的那么一点点水，我敢说，从今以后但凡梦到威尼斯，你所做的，准是一个湿淋淋的香梦！

话说回来，我虽不敢说自己非常熟悉绍兴，但我知道，绍兴在古往今来的许多年月里，也让绍兴人和许多来过绍兴的人，做过同样湿淋淋的香梦！

我更知道的是：绍兴为永远保持这个“水城”的形象，为让人们香梦永久，经历了非同寻常的努力。

作为水乡人，水一向是我永远难解的一个情结。而我们这些生在水乡的人，常常会身在福中不知福。但在许多缺水之地的“旱鸭子”眼里，岸柳青青、长堤卧虹的绍兴，处处都非淡山闲水寻常姿色，在历代文人墨客笔下，这天光云影相映、古镇古桥绵亘的绍兴，真是让人一落笔就有山岚水汽，一泼墨就会顿生满纸云烟啊！

绍兴的以往和太多的河、丰盈的水相亲相连，可是，在过去的许多时日里，困扰了绍兴城的，不，应该说苦恼了绍兴人的，也是这一城叫人发愁又无奈的水！

曾有许多年月，外乡人到绍兴来，看来看去，不见那诗意无限的版画木刻；满城转悠，找不到清亮亮的鉴湖，那一条条河水都渐渐污黑，那小小乌篷船也一度统统变成噪声震耳、外形难看的机械船。我记忆最深切的是：20 世纪 70 年代末到 80 年代初，我来去路经绍兴时，眼帘中虽还掠过几座粉墙黛瓦，可在这越来越低矮的黛瓦粉墙中，总看到那条泛着油光散着恶臭的河水，就如早年绍兴人头戴的那顶乌毡帽——灰瘪而漆黑！

工业增长！农业发展！在捷报频传时最可怕的杂音便是环境污染！发展是硬道理，但是，当一个城市的发展要以环境污染作代价时，环境污染问题就严峻地摆在了眼前，与水有滋有味地相处了一个又一个世纪的绍兴人，当然不能让这情景长此以往延续下去！

我这篇小文，无法细细记叙绍兴人既为发展也为防治环境污染所做的斗争和种种努力。我只想说：当日历翻到 21 世纪的今天，“伢绍兴人”在几经周折后，终于又重现了这个“东方威尼斯”的比喻——她还给了绍兴人和来绍兴游历的人一城清清亮亮的水！

有滋有味地重温这个比喻，有滋有味地重见那汪清清亮亮的水，都是在夜里头。

是夜，当我披着一袭云烟似的小雨，下了环城河边码头的石台阶时，便见一艘艘远比乌篷船神气得多的游艇，鱼贯而来。于是，当我在灯影中望见这烟雾迷离的环城河，竟然波光粼粼、水涨船高地恢复了水城河道的气势时，我不由得深深地吸了一口长气！

这一口长气，竟然沾雨带露，如此清凉！

令我分外惊喜的是：这口清凉气中，果然又有了欢鱼活水的精灵之气，有了樟柳相接、草木交替的沁脾之香！

这几十里之长的环城河边，鲜花如燃，草地如毡，茂茂密密的大树三步一岗；亭台楼阁旁，那盏盏高悬的红灯笼，更与酒挑子一起招摇出绍兴老酒的芬芳。

灯影中下了船，虽然觉得游艇比之小小乌篷船似乎少了点古意，但是，如若“换乘”，更会使人着急——不管怎么说，紧接着是绕城而行的几十里水路呀，这一颗急欲探源寻踪的心，可怎生耐得？

灯影中，游艇波起浪伏地前进，只见这既是蓬勃发展的浙江要地又保留了古老风貌的历史都城，那古今交融的“双重”景致，在烟雨迷离中越发妩媚；而张置在曲曲弯弯河畔的一处又一处的桥堍、再现古战场风貌的“水寨”“城门”，也都在夜色掩映中倍添神秘。

灯影中，逶逶行过一程又一程，蜿蜒三十里的绿荫水路，直教人觉得不仅“乌篷画船”只能作为仅供观看的“历史道具”，而原先那句“白玉长堤”，也再不足以形容现在的动人光景！

灯影中，忽而是河，忽而是岸，曲曲弯弯的河岸上，自然皆是一派幽幽的绿；灯影中，忽而是黛瓦粉墙的城，忽而是粉墙黛瓦的屋；在轻轻的乐声和水声中，城中的屋，屋中的人，俱在影影绰绰的朦胧诗意里……

灯影中……哦，如若一一说来，太漫长也太琐屑，一句话——夜游的感觉鲜明不过地告诉我：一个融合着历史和当今文明的新城绍兴，正以重新焕发的光彩，展示了一个鲜鲜亮亮的现实——他们已经还给了世人一个更美更靓的“水上的城”！

于是，沐着一身夜露回来醉了似的我，只剩下一点对自己的不满：为什么不会写诗呢？像今晚这夜游绍兴，如果能将诗行和着心中的桨声，高高低低地落在这绵绵长长的环城河中，那该有多酷！

2001 年

伞外听西塘

未去西塘前，脑海里先有了画面——我猜想那是与我故乡楚门相似的又一个典型的江南水乡小镇，只不过是楚门二字，换成了西塘。

未去西塘前，耳鼓里回响起别人对它的许多赞语，频率最高的是这样的形容：西塘是一首诗，西塘是一幅画。

我想跳出这些熟络了的“常言”去看看西塘，因为，我很欣赏对它的另一种比喻：西塘是一坛陈年黄酒。

仔细想想，这比喻大概是比喻者随手一拾便得的，因为历史悠久名气很大的“嘉善黄酒”，就产自西塘，那日日弥漫的酒香随着老酒厂的名声，早就香出了百里千里之远；在西塘，那醇香诱人的“嘉善黄酒”，日日被西塘和来西塘的人很放肆地酩酊着，很奢侈地用来做烧菜的料酒，一倒就是四两半斤。哦，黄酒在西塘，历来都是水一样洒泼着、河一样流淌着的吧。

就在这样想着猜着西塘时，我去了西塘，蒙蒙细雨中，恰好又忘了带伞。

忘了也不关紧，因为我知道下在西塘的雨是飘飘如丝的、绵软如糯的，即便带了伞也不会撑，不是懒得撑，而是觉得不撑比撑着更好。

于是，我就这样慢慢地在雨中走着，在伞外听西塘，真是别样意趣，那一顶顶在帘纤小雨中被别人撑着的伞，便成了惟西塘才有的美妙风景，伞和西塘是那样天然地成为不可或缺的组合！在伞外听西塘，那似有似无的雨声，切切地好似远远传来的洞箫和陶埙，这箫和埙，那更是西塘自古就有的。这既有视觉也有听觉的歆享，真是令人游兴倍增。

第一次去西塘在春季，细雨帘纤；第二次去西塘在秋天，依然烟雨朦胧。哦，莫不成是西塘与老天爷是心有灵犀，不张致出个雨景来就不算是西塘吗？

第一次去是这样，第二次去也是这样，不由得就使人省悟出来：到西塘，不在雨中，不撑着一把伞，那诗韵，那画意，的确会少许多许多。西塘的雨，是西塘特有的天籁。

那就更得好好在伞外看西塘、听西塘了。

看着那小雨，一丝丝一线线地飘洒在枕河人家的白墙黑瓦上，那黑瓦白墙只是黑的更黑，白的更白，那颜色渐自深浓而更加黑白分明的房舍，益发成了一幅幅最耐套印的版画，哦，假若能扯得天幕当纸，那是随你印上多少张都不会褪色走版的。

看着那小雨，珠一阵玉一阵地滚落在西塘的河面上，你只会看见满河的水都笑成了一个又一个笑窝，可就怎么也听不见那脆脆的声响。怪了，莫不是天公亦知本属嘉善的西塘人生性和善，所以即便是落雨，便也落得格外轻盈、格外温柔，将那有可能发出的声响都掩在深巷里、廊棚下，一股脑儿化作报时的更漏、檐滴的叮咚吗？

看着那小雨，下得如此善解人意，我这才悟出：西塘的雨，是因为下在西塘才有这样绵柔的景象；西塘的雨，下得这般温熨人心，是因为西塘还有别处少有或没有的长长廊棚！

痴了醉了似的听着伞外的西塘，于是，几乎不容分说地我就爱上了它，我爱西塘，就在于西塘的西塘河两边，有着那样绵绵长长、韵味十足的廊棚！

痴了醉了似的听着伞外的西塘，我想起原先想描摹西塘，那题目，那角度，可谓顺手就能掂出一箩筐：深巷的西塘、酒香的西塘、船上的西塘、岸边的西塘、桥头的西塘……不过现在，最让我心动的，还是有廊棚的西塘！

记得西塘人很有底气地宣称：西塘几乎集了乡土文化之大成：水、桥、船、酒、瓦当、庙会文化……现在，我要说如果廊棚列入古老的建筑文化，我首先要投它一票！

当地人说，西塘的廊棚始自明清，因为那时作为商业小镇的西塘，得水上交通之便，镇上的商店大多开在临河的街道。那时的西塘，虽然有水乡小镇的热闹，当然也不是商贾如云的上海码头、天津卫，而店主和做生意的对象，也大抵是小镇水乡的农家百姓。小船是水乡人的靴鞋，那有着一级级石阶的河埠头，便是起船篙停桨橹的地方，于是，宽宽长长的廊棚也就应势而生，有了它，或在岸上或在船里的买卖双方，就有了交易的场地。

同是水乡人，我对这与黑瓦白墙共生的廊棚并不陌生，可是，廊棚在西塘被作为特殊的风景，在我想来，一是在于它的规模：西塘的廊棚绵延相接，据说有 1300 多米长；二是在于它别致的形状。因为即便这“棚”看上去只有一个斜屋面，但和所有人家的屋檐房顶一样，都是毫不含糊的木椽屋瓦，既结实且美观，许多“顶”还颇为艺术化地呈拱形或波浪形，在实际功能上，又的的确确遮风挡雨冬暖夏凉。当地人约定俗成地将它简称为“棚”，多少也透出了西塘人惯有的谦虚；而一个关于它最早由来的传说——一个烟纸店老板如何在屋檐下搭一卷竹帘让一个仙人扮作的要饭花子躲过一夜风雨的故事，更把西塘人古道热肠仁义忠厚，展露得淋漓尽致。

毋庸细说延续至今的功用，哪怕仅仅作为观赏，廊棚也是非常美妙的。在弯弯曲曲的河岸上与小河一同蜿蜒，那形那景，就是一幅古韵无限的图画；那檐下的回龙枨，那廊脚的木栏杆，那廊棚人家咿呀一声开启的花窗板门，更似无言的暗示，暗示这千年古镇深巷水弄曾经发生过的种种变迁。无怪在这廊棚下来回踱步时，我总觉着脚下并非仅仅是一条质朴且在别处已不多见的石板路，而是步步走在一部厚重且古色古香的史籍中……

不用说，承接着众多文化元素的西塘人，而今自然比我们这些外来客更懂得如何展示这些古香的韵色。于是，走着看着廊棚下的西塘时，我们的眼前忽然就变得五彩缤纷了——那逶迤而去的河岸上，那一千多米的廊棚下，自古就有的圆灯笼、方灯笼、八角灯笼、荷花灯笼，一盏接一盏，直映得整个廊棚都成了条条彩虹的河！

这时，我才发觉：入夜了。入夜的西塘，那细细的雨，到底是停还是不停呢？

看着那西塘河面，那雨线儿雨珠儿，不是照旧银丝般闪亮吗？那大又圆的笑窝儿，不还是一个接一个吗？手中的伞，虽然未曾打开，身上却依然不觉得濡湿。哦，原来，下在西塘的雨并非是雨，它是一丝丝一线线的，都化作最可沁心的清凉露，点点滴滴都滋润进我的心田了。

西塘的廊棚，真个是天下最美妙的独一无二的伞！

2001 年

牵挂古运河

在新千年欢声雷动之际，我曾登上被《钱江晚报》装扮得像新嫁娘一般的“千年之舟”，于是，与渐已被淡忘的古运河，有了三天三夜的肌肤之亲。

被浙江好山水宠坏的我，对于天下景致，眼光常常是苛刻的。更何况我们的江海湖山是那样名噪四方。滚滚钱江，滔滔东海，美轮美奂的西湖！至于这运河嘛，哦，这古运河，纵是岸柳青青、长堤卧虹，即便有天光云影相映，古镇古桥绵亘，在不少人眼里也是淡山闲水、寻常姿色。前年有老友自远方来，游了西湖千岛湖，末了，却说要坐运河的船去苏州！她这一说轻巧，却被我一声长长的“啊”“啊”出来万千惊讶，两人便都瞪圆了眼睛盯着对方，彼此都觉得怪怪的。在我呢，缘由简单：舍快捷之途而取缓慢，实在不合当今的生活节奏。在她呢，认为我好赖做了十几年杭州人，还亏得是个作家呢，怎会如此不知荡舟古运河的旅行乐趣？

我怎么能忘怀古运河呢？中学读语文、历史，有关隋炀帝的残暴和开凿京杭大运河功绩的记载，就像一枚硬币的正反两面，都已深深嵌在心里；而辛弃疾站在长江运河交汇处写下的那首《永遇乐・京口北固亭怀古》词，更令我这个当年的语文课代表热血沸腾：“千古江山，英雄无觅，孙仲谋处。舞榭歌台，风流总被雨打风吹去。……想当年，金戈铁马，气吞万里如虎”的千古绝唱，更教我识得了什么是怀才不遇、壮志难酬的壮怀激烈。

我怎么能无视古运河呢？十几年虽未刻意亲近，但上班下班，日日在它身边来来去去，运河的袅娜姿形，运河的两岸变化，无须刻意相看便似日月星辰尽在眼中；这十几年虽未为之挥毫歌吟，但是，运河上大小舟楫远远近近的轰鸣，运河水冬去春来的起起落落，也总如大自然的固有气息，从无间断地缭绕我的倦梦。

尽管如此，一旦正眼相看，我赧然发现：对这有着 2500 年历史的古运河，我能说出个子丑寅卯吗？人的盲目自大，有时真是可笑！

于是，就像被骤然点了“醒穴”，我分外珍惜这三天三夜在马达轰鸣中的航行，珍惜这三天三夜中与来自四面八方各界朋友的交谈相聚，因此，大雾弥漫不时壅塞的行驶之艰，河窄船多的开开停停乃至“开”了一夜还未“开”出城郊拱宸桥的尴尬，从苏州到镇江坐车 1 小时坐船却要 14 小时的颠倒取舍，都成为过后的笑谈趣忆；而对运河文化一镇一市的溯源式探寻，一程一程夜行昼停遇埠上岸的悠闲观光，与新朋旧友海阔天空的随意交谈，特别是参与一对新人船上婚礼的种种热闹，更是几十年风雨奔波没有过的新鲜，也是独行孤旅难以得享的诗意和快活。

三天三夜的航程缓慢而匆促，结束行程归来，我发觉心弦的一端已经系在了运河，我开始思念运河就像儿时思念外婆！

外婆早已过世，但她那副饱经沧桑的容颜，她那双真正缠成了三寸金莲的小脚，她那花白而又绾得紧紧的小髻，常常在秋风飘摇的时日浮现在我的脑海。外婆的一生是勤劳又善良的中国妇女的一生，外婆很平凡也很普通。每每在秋风乍起时想起她，是因为外婆那一头白发使少年的我知晓了岁月的苍老；外婆给我盖过的那床毛蓝印花土布的被褥，使儿时的我，分外感受了冬日的温暖。

从运河联想到外婆，大概就在于行程的第一站——在余杭塘栖镇一上岸，便看到了寻迹古运河的第一座大桥——惠济桥。

哦，惠济桥，河边石阶青苔可见，桥头石碑铭文斑驳，这一切，不就像外婆的额头，纵纵横横尽是历史的沧桑吗？行过条条弯弯曲曲麻石路，绕过幢幢新旧不一的青瓦屋，我们又尝到了塘栖老乡殷勤款待的点心：喷香喷香的青豆茶、甜糯甜糯的麻糍团，这喷香，这甜糯，都是外婆灶头才有的呵！

三天三夜的航行缓慢而匆促，结束行程归来，我无法不将运河与对外婆的回忆相连。于是，我对运河增添了莫名的惆怅和无限牵挂。

已为我们奉献了很多很多的运河，我们何曾好好相待于它？你看这河道依然窄狭、这河床逐日淤积，你看这河水的污秽、河上这许多不堪入目的漂浮物……哦，运河，你是不是在呻吟掩泣呢？

过了苏州，运河渐渐见清，江苏境内的河道水色特别是镇江河段的运河堤坝，确实比我们这边好许多。但是，千里运河一脉通，不作千秋万代的根治，我担忧它迟早还会被日渐扩展的淤积和污染吞噬。

知晓内情的说，江苏段治理得好，是得到了世界银行的贷款。这些年来，有关部门为治理运河所花的钱，都可以铺满这条河了。

这句话，就像一个沉重的感叹号，闷住了所有人的嘴。

千年之舟河上行，看着运河，想着运河，运河的命运成了船上同伴最共同的话题。说得热了，说得急了，年轻人腾地抛出一句话来：与其这样，还不如填了运河！

一语如重槌，令我心头一颤。

明知这话不过是一时冒失之语，但它还是深深击伤了我。

我断断不相信这会成为决策者的选择，我断断不相信这会成为将来的事实。

我们断断不能没有运河，我们断断不能斩断这条历史的文脉。

也许，我又做了一回忧天的杞人。但正是这次旅行，使我明白了要恢复古运河的真正美丽是何等艰难。

但愿我是杞人忧天。我只愧急切间写下的这篇小文，如何承载得了作为子孙的我们，理应扪心自问的这份愧疚和沉重？

心心念念中，我也得知有越来越多的人关心运河，有关人士正在作各种各样的努力。但愿这各种各样的努力，就像前些年为拯救长城一样，是绝对有效的努力。

哦，古运河，虽然我们中的任何人都不可能在你的怀抱中再乘千年之舟，但我相信并祝愿在第三个千年时，我们的子孙将绝不羞赧地放声高歌：古运河，我们永远的黄金水道！

2000 年

无言新安江

远在中原时，无数次的思乡梦，流泻在纸上笔下。

梦是心头想。也许是干涸瘠薄的黄土地，反激了思绪，于是，梦短梦长，那结局总少不了风声雨气、溪光水影；后来我才悟出这万千思乡梦颠过来倒过去，其实都是水之梦。怪不得梦长梦短到最后总会泻下一帘珍珠瀑，一串串就像叶上荷露鲜灵活跳，一丝丝就像盛夏甘霖，滋润心田、濡染梦境……

梦由心境造。梦水的由头不是别的，就是因为故乡有着绵延百里、天下无双的一条江。

这条江就是浙江的母亲河：上游新安，中游富春，下游钱塘。且不说这浩荡奔向东海的江水如何如何，光这一串相连的江名，每个字缝里都嵌着迤逦幽远，都散发着古色古香。

和所有喝过母亲乳汁的人一样，作为浙江儿女，这条江使我无限钟爱、痴恋，于是一旦有了亲近机会，探看她就成了首选：摇一叶乌篷船，十年前我就因初圆春江水梦而酣畅无比；顺水走一走江边的梅城、白沙、桐庐郡，则又像痛饮过严东关的“五加皮”一样酩酊不已；而一旦游过了蓬莱仙境般的千岛湖，更觉得一颗心仿佛从此停泊彼地……

从源头到源尾，这条江是大自然和人类的双重杰作，她超凡脱俗的美丽是留给我们永远遐想的谜。

人世间最耐人寻味的是大自然的美；宇宙间最永恒的是大自然的魅力。为这绵绵三江水，为这青青江岸山，我曾着迷地写了又写。重复本是创作的大忌，但对于这条无与伦比的江，决然不能墨守那些写作的成规，朝思暮想间，只恨不能让所有亲昵过她的人都能白云为笺水为墨。

三番五次，五次三番，说了又说写了又写，今春重游新安江，又觉得以前说的写的，都还没有尽意，千古之谜般的新安江，再次使我痴恋，也再次使我深感笔力的孱弱。

不是别的，都只因这痴恋这爱意在我心里扎下了拔不出的根，生出了藤，长出了蔓，盘根错节，错节盘根，统统缠成了那个震人心魂的字：美。

不是吗？今春重游新安江，主人再次问“感觉”，感觉来感觉去，喃喃说出口的依然是一个字：美。

主人将吟诵新安江的诗词，这些越经百朝千载的书卷一一赠予我。看罢品罢，发觉千吟万诵归结的，还是那个字：美。

美、美、美，美中说美，该如何评说？

我无法不再次表达衷心的礼赞：新安江除了对万千百姓造就的洪福，她的美，就因为那象征自身生命的水性和水色。

是的，新安江那堪称极致的美，首先因为那使天下人倾倒不已的水色。

看过的人莫不夸：作为“三江”源头的新安江，两岸千嶂叠翠，江水明净如镜，最是江南水色的代表。

我在《乌篷摇梦到春江》里也曾怔忡过：“不知是山浸透了江，

还是江染透了山，人到富春江，连眼瞳都被染绿！”

是的，新安江不仅绿，还绿得发蓝，蓝得厚重，蓝得透明，就像南太平洋那令人惊叹的海水。这绿得发蓝的水色，这能映出人脸的清澈，着实堪称碧水之最。但是，她的水性呢？她那能随季节变换的清凉和温暖呢？更是怎一个好字了得！

曾记得那年宿住江边的罗桐山庄，外头是炎炎烈日，可住在山庄的我们，一点儿也不觉得热。晨昏漫步江畔，只消濯一下手足，那沁人的凉气就直渗肺腑；只因房里安了一台此间特有的“水空调”，到夜里我们一个个嚷着被子太薄！更妙的是她不仅夏凉而且冬暖，一到冬天，那江水就又变了“质地”，不信你就看吧：入冬，江岸的埠头也满是学西施浣纱的捣衣女，此起彼落的棒槌声，最令人想起“长安一片月”的佳句，也是此间最古老又最抒情的小夜曲。不信你再问问戏水爱好者，他惬惬意意地走过来，兴之所至地在这里扎个猛子，末了，安安逸逸抖一身珍珠上岸，却对围观者笑说这断断不能算是冬泳，否则，他的豪迈气概就大打折扣了，因为，那江水实在温暖得一如能教“鸭先知”的春水！

新安江的江水就是这样奇妙！

新安江江水不单美丽明净、夏凉冬暖奇妙得让人为之销魂，她还深邃奇诡，既柔顺又刚烈。

新安江的深邃奇诡，是在于她独特地具备了水性的“两面”：乘一叶江上的“龙舟”在她的胸膛上滑行，你会充分感觉她的水性——感觉那江山相映清流依依的柔顺平和、那碧水银波一路浩荡的宽阔和绵长。可是，但等开闸泄洪，则完完全全是另一番情景了：新安江在此时真堪称一条“怒江”！那挟雷带电、怒涛飞卷的豪壮，那横流齐下、一泻千里的气势，真正是银河倒悬，壮阔得不可形容。在各地遭受特大洪灾的时日里，新安江就以如此既柔顺又刚烈的水性，既行灌溉发电之利又以调节水位水势之便，驯服于江岸儿女对她的摆布。

新安江让人难以形容的美，还在于她美得含蓄，美得朦胧。

这含蓄，这朦胧，就在于她有着神奇的雾。

“新安奇雾”是新安江的又一道景观。在新安江观雾就像到钱塘江观潮一样，最富诱惑力又最能招徕人。钱江观潮还有一个“季节”时限，要在农历八月十五方为大观，而在新安江边的建德市，“晨观江雾”却能成为四时八节特别是盛夏季节最易得见又最摄人心魂的美景。

乳白色的浓雾源源发自新安江电站大坝，这电站本是新中国第一座自己设计自己建造的奇迹，它是浙江人民永载史册的丰碑。这起自大坝的白雾，则像是凡人看不见的云中“飞天”和凌波仙子为之施放的山岚云气。清晨或者黄昏，当一团团烟波仙雾从大坝深处无穷无尽似纱似云地卷舒，当这一挂无边的纱帐将这画屏般的青山和迷离的江水，裹缠出一幅任谁的椽笔都难以描画的水墨长卷时，面对眼前的美景，谁能不如痴如醉？唯恐惊扰了这美轮美奂的琼楼玉宇，人们往往连那声惊叹也是轻轻的……

又一次泛舟新安江，又一次在她那绿绸缎一般的水面上滑行，我又一次觉得自己的灵魂挣脱了躯壳，在蓝天碧水间自由盘回，此时此境，任什么尘世的烦忧都已荡然无存，感觉到的只是安宁逍遥惬意销魂，感觉到的只是如痴如醉飘飘欲仙……

新安江的美，亮丽当今，存于永远！

哦，以上这些，依然是笨拙的我，对太过钟爱的物事所发出的呓语。准确地说，对于浩荡不息的新安江，我已无词可寻，无言以表。面对她奇崛的美，我就像患了失语症，剩下的，就只能是无言。

2000 年

兰里的文星水月

草长莺飞的四月，当苏堤、白堤又一次密集了游人的履痕时，兰里却像山花满头的村女，带着一身春气草香，娇憨活泼地跳入了我们的眼帘。

初识兰里，脑海里不由得跳出两句小诗：春报南桥川叠翠，花香兰里野图新。

诗出蓝田书院的一款联对，是我在初知兰里历史文脉后的“改写”。当我得知兰里原来就是杭州人叫惯了的“壮壮实实”的“三墩”时，油然生出一番惊叹！

“兰里又名杉墩、珊墩，古称兰里。”—— 一本非正式修纂的小书这样记载。

政通人和，盛世修志，已成当下热门的文化景观，而一个地方只要有个美雅的名字，往往会使人们的想象犹如天使之翼一样，尽情而自由地飞翔。

杉墩，就是指以杉木为浮桥组成的墩子。那么，缘何又叫珊墩？此间老人说得分明：珊与三音似。我信服这种解释。既然杉、珊都和“三”音似，那么“珊”字，则可能是指“杉木”围成墩后，有“栅栏”之状的含意吧？江南一向语音复杂，比如我们老家，“栅”与“珊”字同音，也都读成“三”。

那么，为何又叫兰里呢？且容我慢慢道来。

如果你是一个山水访客，要认识三墩——兰里，也许用不着咬文嚼字多费思索，你只要牵着西湖的裙裾悠悠走出杭州城，或者干脆沿着曲曲弯弯的运河慢慢荡来，你可以漫不经心地忽略你所见惯的桃红柳绿，你也可以会心一笑于“方山不方长桥不长”的那些处所，你只需心宽宽而步慢慢，就在你讶然于怎么一抬头还是画桥风帘翠幕，就在你讶然于此间怎么又是参差十里人家时，西溪到了！

近年已经名声大噪的西溪，就是三墩——兰里的接壤之地。

有着如今“最为宝贵的湿地”之称的西溪，因为拥有最可人意的自然景观而声名不让西湖，而她秋雪听芦、荻芦散花、蒹葭泛月的野趣，更令其成了时下最耐人寻味的游赏之地。

因此，与她接壤的兰里，有着怎样的历史和自然风光，大可以窥斑知豹，更用不着浓妆淡抹的修饰和晴雨相宜的夸赞了。

一个地方的历史景观、文化底蕴，往往在地名上就能凸现，浙江很多地方，在地名上就颇有群芳荟萃之妙。

作为水乡古镇的兰里——三墩，在历史上也堪为美冠群芳的“这一朵”。

简略地说，兰里——三墩：是隶属余杭县（今为杭州市余杭区）的五大古镇之一，三墩，是由文星墩、灯彩墩、水月湖墩三个高出水面的土墩而得名。

作为一个镇，从地域上看，兰里当然算是小的。

若是往历史风貌的细处说呢，兰里却非一个“小”字即可概括。她是小的，却是厚重的。她的墩，一墩有一墩的迷人风月，一墩有一墩千回百折的故事。

源自天目的苕溪，与被我们称为母亲河的钱塘江、大运河一样，袅袅娜娜地流过来，流出了一路的鱼米之乡、丝绸之府，流出了一路的瓜果之地、文化之邦；而光是三墩至祥符桥水系的一段称作下塘河的地面，也流得个沼泽容水、芦苇丛生、稻谷满畈、肥鱼满塘。

史载，下塘河又称宦塘河、西塘河、运粮河，全长 2.49 千米，此间人则惯称其为五里塘河。

如此一个河网绵密的地带，古时候又是以运粮著称的要道，五里塘河在当年有着怎样的景象，完全可以想见。遥想当时，“清明上河图”般的“天边树若荠，河畔舟如月”的莹莹清丽；“一湾绿水流新绿，千亩田园依旧青”的勃勃生机，就似活动的图画，顿现眼前。

兰里小，那是当然：一个占地面积仅 37.93 平方千米、人口才 3.9 万的小镇，确实是钱塘江和大运河水网上的一颗小小珠玉。

说兰里厚重，也是无可非议的。这个珠玉般的小镇，正因为有着水的飘逸轻盈、船的灵动迅捷，才绵绵密密厚厚实实地交织出一幅幅美妙别致的生活画图。

兰里的生活画图是务实饱满的，又是浪漫活泼的。

当一缕缕晨雾淡开了水面，当一条条船只梭子般穿将过来，又鲻鱼咬尾般一条条地荡漾开去，当一墩又一墩的杉木浮桥，浅浅深深地从河面冒出来时，这些个浮桥，就成了兰里最坚实的桥头堡；这些城堡式的“墩子”，更似水边人家展扬的臂膀，迎风全开的门户，确是最实用的水陆码头。

接下来你看到的，便是打鱼人在五里塘河撒网下饵起钓的忙碌而又欢快的场面，接着还有水边人家或从窗下吊下一只只篮儿买鱼买虾，或装了谷米豆麦的麻包从门口码头下船装运的热热闹闹的场景……

河网绵密的水乡，最常见的就是这样的画面，河网绵密的水乡，最简单的生活需求，往往就由这样一条河塘一行船队，包容了全部。而“纱笼擎烛迎门入，银叶烧香见客邀”的喜庆，虽然是香客或斯文间的交往，也都因为水上船家的绵密而多了方便和风趣。

船是水乡最便捷的靴鞋。虽然史载此间通舟楫，“水盈可胜三百斛以上之舟，旱涸亦可胜百斛舟”，但是，最丰盈的水、最多的船舶，也难完全解决塘河两边百姓的频密往来。于是，塘河两边若要牵手连接，还要依赖于水乡最常见的桥。

兰里的五里塘河绵长曲折，兰里的桥，大大小小竟有 68 座之多。

如果说河流是最迷人的音乐，那么，桥便是这个地方最美妙的琴筝。兰里的大桥小桥，大凡留存至今的，在一方方不管是青石板还是白石头的缝隙间，往往都嵌着深浓如黛的苍苔，兰里的大桥小桥，只要是桥上还能行人、桥下还能通船的，常常是桥石表面布满了坑坑洼洼。这些可敬而可爱的凹坑，就像历史老人返老还童的漩涡。

兰里的 68 座大桥小桥，虽然没有完全保存至今，但是，你只要听桥名再思其义，就知它们每一座都有来历，就知它大多与某个故事相连。

在北宋时因建祥符寺而得名的祥符桥便是一例。虽然名声赫赫的祥符寺早已不复存在，祥符桥却历经千年反复修缮而传承至今。而以文星、武星冠名的两座桥，更是直接与朱元璋和刘伯温有关——传说得了天下的朱元璋为保江山永传，便命人到处去“破”他认为不吉利的风水。宰相刘伯温巡视到此，在三墩关帝庙前突生“灵感”——杨家湾这地方太像一顶方形官帽了，两边还有两条“领子”，而珠珠庵则像帽上的玉顶翡翠，这不是地道的风水宝地是什么？这地方肯定要出文武大官！这还了得！于是，他下令建一座文星桥一座武星桥，让千人骑万人踏，那风水不就“破”了吗？

媚上是大多数朝臣的心理。对于深谙皇上心思的刘丞相来说，事情当然是做得越周密越好。他认为庚家坝这地方可能会出盾牌手，便派这里七七四十九人去学习打笠帽，地名就改为笠帽城，因为笠帽像盾牌；他觉得南阳坝要出丞相，便派那里七七四十九人去学习做豆腐皮，因为豆腐皮一摺一摺的就像状纸；五里塘要出打手，则又令七七四十九人去学习做粉皮和粉丝——粉皮、粉丝需要用手打——打手的名号不就更加名副其实？这传说至今听来很有搞笑的成分，可是皇帝和丞相的心思与举措，不单成就了两座大桥，也成全了此间的工艺。古今沿用，三墩的笠帽一度远销广东、福建是千真万确的事实，而金黄黄薄如蝉翼的粉皮和滑溜溜的粉丝，作为餐桌上的凉菜佳肴，更使三墩的此类食品名声响亮。

传说不无搞笑，历史却“歪打正着”。兰里——三墩的第一墩——与桥同取一名的文星墩，就因此而得名。

与河道结下不解之缘的兰里石桥，结构大多是石拱桥，其中也有国字桥、开字桥、板桥、单孔或多孔月形桥。就说那座以姓氏命名的陈家桥，也是几次挪移三起三落几经更替——到清乾隆四十四年重建时，镌刻的“植福乃昌”四个大字和捐银者的名姓，仍清晰可见。还有东蒋桥、西行桥、太平桥、肖家桥、观音桥……若是把这些建桥传说一一记下，定是一本地道的故事大全。

兰里这么多桥名和故事，要记全它是困难的，但它们搭肩挽臂的雄姿，却成全了五里塘河上一道美丽的风景——年年端午的赤膊赛龙船，是此间百姓的重头戏，不管是“全天撑”还是“半天撑”，全汇集于此。想想吧，这河上、船上张灯结彩鼓乐笙笛的热闹起来，真是连皇帝看了都会忘记回朝的。怪不得路经此处的柴家坝尚书（柴车）得见这景象后一语定音：灯彩墩！

至于第三个水月湖墩的名字来历呢，则更是浪漫的纪实——西北河口出入于小学弄的北聚贤桥，是南宋古地，桥南有十余丈合抱古樟两株，树旁有石凳石桌，河旁有八角亭，北有石砌荷花塘，西南有菱塘、藕塘，沿塘有青竹、桃花、芦花和柿树；而墩西的水月庵，则像傍水的琼宫玉宇，欲藏还露地掩映其中。年年春风拂柳桃红叶翠之际，不消说游人访客，就是当地百姓，也会生出“直把三墩比三潭（三潭印月），不需花月也相宜”的诗情来！

兰里众多的桥，拥有各自的典故，它们大大小小造型不一的美丽姿态，明媚着此间风景，就像塘河上春晨秋暮飞架的彩虹，亮丽了人们的双眸。

“三墩”说完，还是要回到兰里这个名字。兰里之所以叫兰里，是源于一雅一俗的两个传说。雅说是，孔子的学生荀子，在山东当过县令，后住良渚山，办过兰陵学堂。荀子曾到过三墩，并亲植兰花，为百姓做好事，百姓为纪念他故称此地为兰里。俗说呢，兰即兰花，里就是里人。里相当于现在的镇，东汉前就叫里人。时有文人以之书画匾额，兰里二字则可表清净、文雅，故而此间百姓纷纷效法，约定俗成地称此地为兰里。

雅也罢俗也罢，我在这里轻轻掂起的，是一块引玉之砖。兰里也好，三墩也好，它都是与杭州与西湖与西溪不可分离的一阕人间天堂的美妙乐曲，映着如虹的石桥，和着塘河的水声一起回旋，使我们子孙万代酩酊如醉地静静倾听。

2001 年

一方芝田

平素我一向怯于为人题词什么的，可是，当青田的友人再三要我为青田题一句话时，我几乎是不假思索，挥笔写下了“一方芝田，十万新人”。这墨字不敢说气冲斗牛，那豪情实实是有来由的。

要追寻青田在我心中的历史记忆，说来话长。

小时候，很知道温州在故乡人心中的地位，那时候故乡人把上海叫作“大码头”，而温州，显然是仅次于上海的小码头，没有能耐去上海大码头的，能去温州这个小码头谋生，那也算很不错的机遇了。但对于青田，大家则陌生得很，只知道青田与温州很近但很不一样；而且一说青田，就加上“山里”，一说“青田山里”，那么，贫穷、困苦、山地薄、交通不便、光靠吃番茄丝过日子……种种令人皱眉叹息的意味就全在里边了。

记得邻居年轻时嫁给了个青田籍的丈夫去了青田，一去几年，回来后绘声绘色地数落青田，从吃喝拉撒说到穿，那更是声声都带着泪音，句句离不开一个“苦”字！而且非与丈夫立约说什么也不回青田了。

当然，那时青田在人们记忆中突出的还有石头，青田的石头自然是山里的，山里的石头自然是打石工一锤一锤开采的，大山里的生涯，打石工的生活，险象环生，石粉飞扬……这里头，还能有“甜”字吗？

青田，青田，如果仅仅是儿时的记忆，你一点没有“清甜”的味道而实在应该是“清苦”！

话说回来，如今我不能光以那时凤毛麟角的印象说道青田了，青田不是一直以它不凋的青黛之色赢得了人心吗？山上的林帐，田园的颜色，都是它永远的姿颜。与“黄杨木雕”齐名的“青田石刻”，步入了世界工艺之林，那些注满了雕刻工匠们心血的精美作品，让世人对青田充满了最美好的想象。

这些年来，多少次从温州来去却没能往青田走一走，除了时间因素，更多的是顾虑交通。事情往往就是这样，越是没有去过的地方越渴念。于是，当青田的文友们给我带来诸多的有关青田的信息，当青田文友李青葆相赠的青田石刻小印章日日立于案头成了最有诱惑力的召唤时，青田就成了心中的念想，成了非去不可的地方了。

参加“中国作协青田创作基地”挂牌仪式，成全了我的青田之行。

从故乡玉环赶来，过了瓯江，一路穿行在苍翠中，浩荡身后的瓯江汩汩有声，清清的楠溪，遥遥相接。拓展加宽了的公路两旁，全是绿得淌得出汁水来的山林与田塍，穿过温州到青田，无疑是走进了一派田园的温馨、一派深秋的诗意。城市的喧闹逐渐消失，迎来的是一番亦城亦乡的景象。青田的房屋楼群虽不似温州那么巍峨毗连，新旧交替中的变化却无一例外地显现出来：虽然也有新建的高楼大厦，但周围仍有草木青青和黛色相拥，高远的天色呈现出大城市正在失去的一片蔚蓝。

欣喜之情渐渐涌上心来，不由得想：如果现代文明的代价都是要天空的蔚蓝和青青的林帐去换取，我想很多青田人也会和我一样，宁愿它保持更多的古朴和百色难换的青翠。

青田之行使人最难忘的风景当然还有石门洞，那如剑劈开的岩壑，那一线天似的隘道，那奇崛的山峦，种种谷深林幽的美景，使人置身其中，顿有世外桃源之感，而俗尘尽洗、烦嚣尽散的快意，更使人顿生“今夕不知何年”的缅想。石门洞的美丽，使我想起台州的另一处胜景——仙居的神仙居，这两处无论从“名”还是“义”上，都是天然的世间宝地，是地道的浙南美山水的姐妹篇。

热热闹闹的“挂牌”仪式在县城举行。对数字记忆不佳的我，没能记住县领导如数家珍地说出青田这些年来在经济上的增长和基本建设的变化，却从众多与会者整齐体面的穿着上，看出了这个“侨乡”的非同一般。

对于青田这个侨乡，虽然早有耳闻，更深的体会却是在 1999 年的访问。那年去访法国、意大利，接待我的华侨，99% 来自温州，问起祖籍，却又十之八九是青田人。特别是意大利，侨领和各种联谊的组织者，无一例外是青田人。我们的温州和青田老乡在巴黎、鲁昂、里昂，在米兰、威尼斯、罗马，开着大大小小的饭馆、皮鞋铺和工艺品店，那种商品经济意识和谋生本领，在亚裔中间实在是无出其右的。所以，在欧洲的大小城市，只要你路遇一位黑眼睛黄种人或者到一家中国餐馆，那么，不用细问，十之八九是温州人或青田人。他们与你尽管素昧平生，只要一开口知道你是中国同胞，温州青田老乡的温情，立刻如一股春水漫溢。在异国他乡备受故乡人的款待，特别令人难以忘怀，凡此种种，也绝不是我这篇小文能够说道得完的。

青田人的热情从这次的活动也特别显示出来。想想吧，一个作家协会在此的挂牌仪式能引来那么多各界人士参与，而且许多上了年纪的文学工作者，兴兴头头地从四乡八方拥集而来，以古老的民间节目（舞龙）助兴，放了好一阵爆竹，说了许多令人感动的话，并且说话的人里头，就有许多亲属是远在异国他乡的。

也是在这次盛典上，得知了青田过去叫作芝田，于是“一方芝田，十万新人”一语就从脑海里悠然涌出。

芝田，是青田的别称，十万，既是泛指，也是宽泛地包括遍布世界各地的温州人和青田人，是他们以爱国爱乡的一片真诚，架起了青田走向欧洲、走向世界的桥梁；十万，也更指青田挚爱文学的年轻人和父老乡亲们，是他们明事理识大体，以对文学的无限眷恋，在浙江省率先而为建立了中国作协的第八个创作基地，为青田的一代文学新人，营造了一方大有可为的天地。

我为一方芝田叫好，为数十万青田人称颂！

2001 年

三上方岩

春意渐浓时节，友人的召唤就如春鸟啼鸣一样频传。

催请的电话刚刚响在耳边，一封散发着邮戳墨香的“春帖”，又一次来在面前。

我将这邀约说成“春帖”，既因为它的当下时节，更因为那沾水带露的字里行间，真有那么一股隐隐约约透出来的姹紫嫣红和幽幽香气。这香气，融合着方岩山水的姿颜传递过来，不容你不动心，而你只要心一动，就不能不痒痒了脚底板。

多年前我与永康方岩曾见过匆匆一面，正因为点水一掠并未过瘾，便留下了许多悬念。

于是，在细蒙蒙的春雨中，怀一份同样湿润润的好心情，我又一次到访了方岩。

在锦屏般的两山夹峙中，沿一条绿绒铺就的山道缓步上来，走进了这无边无沿的石崖为基、碧树为架的翠帐。眼前，是此地独有的巨岩如斗、赤色如燃的“丹霞地貌”，是连绵起伏的使“南宋北派”画山点石的画家都有“未到”之憾的巍峨苍山。就在这一派既像大泼墨又似用无尽的蓝靛石青点染出来的幽谷中，几条白玉银带般的细瀑飞流直下。远远地看，那水瀑飞扬袅娜如天仙的裾带，悠悠飘逸；近近地听，又像一架架声韵幽远的古筝，似有若无，你只有屏声静气，才能从中领略，领略那交织了天籁地籁的绝妙齐鸣……

山是红的，树是绿的，岩是“方”的，瀑是“飘”的，进山伊始，我就不得不再次为它的奇貌惊叹。

这儿，似远离了尘嚣如此宁静；空气，更如筛滤过一般纯净清甜。哦，这就是我又一次得见的方岩，这就是我此次得住的方岩五峰。

暮色苍茫中走进方岩，春雨阑珊中夜宿五峰，天籁地籁也极解人意地静了声气，幽幽得只像琴弦的最后一缕余音，于是，许久以来的失眠不治而愈，头一着枕便在这幽幽琴音中酣然入梦。

果然是“丹霞地貌”名不虚传，殷勤的知更鸟以美妙的啁啾，催请人快快去得享山中的早晨。一夜浓睡尽消倦怠，缕缕和风拂来的是苍松翠竹的清气，面对如此良辰美景，你真会觉得时光倒流，陡长精神。于是，不由分说，你就会踏着一路珍珠寻觅山间的古迹遗存，于是，用不着刻意搜索你的记忆，所有的吟山咏水的好诗词，就会和远远近近的那些细瀑水泉一起，叮叮咚咚响进心中……

一路走来一路寻思，我不能不感叹方岩的独特。是的，一地的山川，用不着尽善尽美，只要有一种特点，就拥有了个性。方岩正是有它的个性。天下山峰奇峻，固有百态，方岩的山，就独独奇在这个“方”字上！又如那“石鼓寮”，整座石山，方中见圆，形似大鼓，真堪称稀而又罕。

方岩石山奇崛，五峰峰峰有名：鸡鸣、桃花、覆釜、瀑布、固厚。这些峰名并非随意而起，顾名思义，大多伴着一个动人的传说，若是将这些传说一一勒石为铭，那真会勒成和方岩石山同样厚重的一本天书。

方岩的“主景”自然是方岩山。拔地而起的主峰苍苍郁郁，高约四百多米，有如天外飞来的擎天石柱巍然屹立。走进这座“方城”般的大山，第一印象便是它四壁如削，一条叫“百步峻”的山道引人拾级而上，“百步峻”并非只有百步，但山中景致如此娇美，一步一景，你就是再行百十步也不觉疲累，一个“峻”字更能尽现此间的峥嵘。行过“步云亭”，便是凿崖造壁的长约五十米的栈道，人称“飞桥”。在曲曲折折的飞桥中缓缓走来，尽头便是石破天惊的“天门”。

“百步峻”“飞桥”和“天门”，就似游方岩山的序曲，舒缓而张弛有度，是导引此间景观的天然组合。“绝壁无他径，悬崖只一关”。清代诗人沈藻的这两句小诗，恰如其分地描摹了天门的险峻。据史载，北宋曾有响应方腊的起义军首领陈十四为追击逃遁天门的官军，不畏险峻，试图另辟蹊径，从两山对峙的绝壁深涧中攀长藤而上以图奇袭，不料被官军发现，砍断长藤并投石猛击，结果酿成了千余义军全部坠涧牺牲的悲剧。而今，史越千载，唯有一方镌着“千人坑”三字的碑石，还在无声地咏叹着这悲壮的历史。

看过了山再听水，又觉方岩水瀑的壮美也是出众的。方岩瀑布多约百十条，光五峰左边，就有四条：天墨瀑、斤线瀑、桃花瀑、织锦瀑。一听这些美丽的名字，不消细说就能让人想见它的形态：如斤线瀑，据说是从瀑顶悬线到底，要用一斤棉线，可见其袅娜细长。再如“五峰飞银”的代表天墨瀑，是缘自这里有陈亮曾经在此讲学的五峰书院，传说陈亮著书立说用干了墨水，就用石砚去接飞溅的瀑水磨墨，故此瀑也叫天墨水；又传，听课的孺子们终日在瀑边读书，渴了，就接瀑水飞花解渴，此情此景被巡游的天帝见到，遂遣一群仙蜂在瀑泉两边的修竹丛中筑房酿蜜，自此，这瀑水就更加清冽甘甜，故而又叫天蜜瀑。天蜜瀑也好，天墨瀑也好，生动的神话传说加上文化内涵，使这迷人的自然景观更富诗意。再如石鼓寮附近的鸳鸯瀑，从瀑顶泻下时是两瀑并垂，一到春水漫涨时节，垂到中段就合为一挂大瀑，分外神奇壮观。这鸳鸯瀑被多愁善感的文人援以生花妙笔，便又是一台悲欢离合令人感泣的大戏……

今次得以再识方岩，真感无山不美、无水不妙，这美妙使向来一游山水便心神恍惚的我，又重新认真留意和细细认识方岩，并希冀解悟它之所以被百姓大众更被文人墨客钟情的因由。

老百姓钟情方岩，不消说，是因为方岩还有胡公——这位北宋初年的永康籍官员胡则，被百姓们奉为“胡公大帝”，后人为之建造的以香樟木镌刻身像的“胡公大殿”，虽然不是以规模赫然著称，但它一直香火旺盛。

胡则出身寒门，没有“靠山”，官位只做到兵部侍郎，侍郎顶多是如今的“县团级”吧？据说他的一生，好像也没有什么彪炳青史的奇功伟业，但却被百姓如此神化称颂，一是因为他自 27 岁进士及第至 72 岁告老退休，“逮事三朝，十握州府，六持使节，选曹计省，历践要途”，可见其官宦生涯之长、涉身地域之广；二是他为官之时，能为百姓办实事，是一位很有民本思想，并且能“行仁政、改弊端，政治上力主宽弄薄赋、兴革便民”的清官。

老百姓爱戴清官的情结是亘古不变的，胡则被神化为“无所不能一求就灵”的神仙，既暗合了百姓尊敬清官和望之深切的心理，又隐现出千百年封建文化根深蒂固的渊源。

漫游五峰的归途中，只见满山杜鹃烂漫如燃，一簇簇的火焰，将周围的苍山点染得更加娇媚，此时，平日的嗟苦怨劳都已消散，只觉这一派碧翠和点点丹红已经化为无限春光永驻心里。

踏着苍茫暮色归来，姣俏的明月又现山峦，夜幕初掩中，我惊异这月亮和五峰好像也有情有义天然默契，在五峰书院前的这方山谷净地举首仰望，连头顶这脉汪亮的天空也酷似一挂弯弯的皓月。

驻足时，流泉声不绝于耳地传来，仿佛是一日游最耐人寻味的终曲——催人一定要走一走这近在咫尺的书院方才不虚此行。信步漫行间，静寂的大门早已打开。月光下，赵朴老所题的“五峰书院”四个墨字，就如书院后壁的苍山一样遒劲巍然。虽然陈亮讲学的老书院只剩下“遗址”，但此间人士出于对这位南宋杰出的思想家、哲学家、文学家的极度崇敬，自然要努力为之宣传，现在，在这挂飞泻千年的清泉边，已造就了又一所焕然一新的五峰书院。这书院连同内部的陈设，堪称一座很地道很有品位的古代书院博物馆。

十年前重访中原时，我避开很多热闹，曾特意一走嵩山的嵩阳书院，事后，还以“寂寞书院冷”为题，叙述过那时的万千感喟。而今相较这文友云集的五峰书院，虽然二者的氛围大不相同，但心里那层与故地故友不期而遇的惊喜是一样的。在我的心目中，山川是我最敬仰的自然之师，而像书院这样的遗迹，的确不同于一般的旅游景点，它是我永远的知己，是一支特殊的歌谣，是永远回旋于我心中的千古绝唱。

没料想，与方岩的情分是那样难解难分，2006 年 4 月，我第三次接到了去永康方岩的春帖。

这第三次春帖发自老朋友鲁光。

与鲁光相识在 20 世纪 80 年代初。其时，就职于国家体委的鲁光，以许多脍炙人口的报告文学走进了我们的心底，自从得知鲁光还是我的浙江老乡后，在心里就更有一份亲近。那时，常与鲁光相聚于许多笔会，最难忘的是那次同去九寨沟，朝夕相处中我益发敬重这位侠肝义胆、古道热肠的老乡；与此同时，我更敬重这位生自永康的浙江老乡还另有一副笔墨，那就是除写作以外的绘画。

以绘画而再度声名鹊起的鲁光，曾得李可染大师的亲炙，他以无出其右的“牛画”，使画坛刮目相看。“鲁光画牛”是中国文坛的又一个佳话和又一道美丽的风景。牛是鲁光的属相，更是他创作个性和为人性情的写照。鲁光笔下的牛，形象拙朴憨态可掬，雄健忠恳而又大气，并非是专业画家的鲁光，真把“中国牛”的神韵画活了！ 2005 年秋，我在金华的文友家亲见了鲁光的挥洒，亲赏了那头呼之欲出形神兼备的牛，当我而后得其赠予将牛“牵”回家后，心里的那份感佩，更是无以复加。

早就听说鲁光在厚爱他的故乡——方岩五峰山下建了一座山居，此次三上方岩，去访鲁光的五峰山居，自然也成了我与文友们的共同期盼。那一天，山光水色中的五峰山居，真个是满眼芳菲，春光斑斓。诗兴大发的文友们，在鲁光的画室里更是恣意纵横各自的豪情。笔墨烂漫中，方岩的所有景致、文友相聚的全部欢欣，再次催化了我的激情。于是，本来怯于这种笔墨场的我，人醉心也醉，就像醉上景阳冈的武松，拖了我的“哨棒”写下：五峰书院仰前贤，两杆椽笔看鲁光。

正是这份醺醺然的醉意，使我对再一次去往的方岩和五峰书院，再次道出了心底的敬意：写遍竹帛无颜色，只为方岩气象清。五峰探景景自幽，方岩寻梦梦自圆。

说到“寻梦”，是由于此间果真有一个传说美妙的“寻梦塔”，而说到永康方岩的许多美景，我还想记下另一份惊异，那就是此间还有一个以“养生”为宗旨、以健康药膳闻名的“明珠大酒店”。

要论“养生”和什么“健康药膳”，当然是又一个绵长而引人入胜的话题，非我这个外行的一篇小文所能包罗。我只想说，而今，当人们的生活质量普遍提高时，健康和养生之道，自然为人们关注。而聪明的永康人借山川地理之美，又一次着了这一事关人类健康的“先鞭”。

所以，说到最后，你不能不钦佩永康人的聪明和机智。那机智是此间的好山水给的，那机智又是与此间好名字“与生俱来”的，你听：明珠养生，方岩永康。这不是天然的契合又是什么？

2006 年

岛的握手

写下题名时，猛然想起小时候听故事的开头语：很久很久以前……

我现在要说的这个并非“故事”的开头，虽说不用追溯到很久很久以前，却也是半个世纪以前了。

半个世纪以前，我的故乡玉环县，是悬在浙江版图东南尖尖的海角小岛，玉环玉环，名含珠玉，形似翡翠，形、名虽可爱，交通却极艰难，因了这可爱和艰难，演绎出无数故事和传说，到了我听故事的年代，已经分不清哪些是浪漫的传说哪些是真实的故事了。

我还记得小时候常常有人这样吓唬女孩子：听不听话？不听话把你嫁到三盘的“袅袅山头”去！

“袅袅山头”是讲故事者的杜撰，而“三盘”却是实有的地名。这遥远而可怕的“三盘”在哪里？就在玉环的洞头。

故乡的地名，往往伴随一个美丽的传说，洞头也不例外。而“三盘”这个与洞头本岛一样孤悬海中的小岛，顾名思义，便知山重峰叠羊肠小道一而再再而三地层层盘旋。在只能以船作靴桨作杖的僻地海岛，在没有好路更没有汽车的年代里，洞头三盘这样的地方，光从名字就喻示了岛上人行路的无尽艰难。

像一把翠玉撒在东海的洞头诸岛，20 世纪 50 年代隶属我们玉环，虽有海外桃源的美称，却因孤悬海中且山高地远海路相隔，玉环人和洞头人，除了渔家的渔事来往，很少有闲人为游赏而发豪兴光顾那边，所以洞头和三盘，到底是什么模样我也一概不知。只记得初中同学有几位来自洞头，都是意气风发的少年，可一说话，却叽哩呱啦让我们瞠目结舌——因为，他们说的是和我们台州、温州话全然不同的闽南话。

那时，我只知道洞头有散珠落玉盘似的岛屿，数目比玉环更多；只听说洞头诸岛也是水脉如白练，苍山似翡翠，于是，就端端认定了洞头是玉环的“袖珍本”。

作为“袖珍本”的洞头，乡情民俗和玉环差不多：岛上人家，耕田牧渔。傍水人家，舟楫为生。只不过岛上山地有限、水田更少，洞头那几个同学吃大米饭的乌亮眼神，到现在我还忘不了。他们的父辈，长年的主食就是虫蛀霉烂的番茹丝。

洞头更艰难的是交通，岛上没有几条像样的路，如果是台风大作的七八月，十天半月“困”于岛上是家常便饭，许多老辈人，一辈子没出海角，几代人没走下山岙。

洞头后来归属温州，再不是玉环所辖，山远海隔，又乏青鸟之信，因了这种种缘故，虽然有心要遍走浙南故乡的山山水水，但在这几十年中，无形中我就将洞头从故乡的概念中“淡出”了。

忽然间，特大喜讯在马年之夏腾地爆响：拥有 103 个岛屿而有着“百岛县”之称的洞头县，架起了七架“彩虹”！因为岛与岛之间架起了七架“彩虹”，包括洞头本岛在内的五个大岛，终于挽手相连！相连的五岛中，有花岗岛、状元岙岛和霓屿岛，更有开头提到的那个山路迂回的三盘岛。

忽然听到这样的喜讯，怎能不去洞头？接了庆祝五岛相通的邀约，怎能不去看看？

没想到这一看，竟看出那么多的意外之喜！这一看，竟看出一个大大的惊叹号！

令我喜出望外的，首先是洞头那片好海水，我没想到洞头的海如此美丽，有画的意境诗的意象，切合了“海近蓝染风颜色，穹低星沸天声音”的悠悠诗韵！

我同样没想到的是：洞头的海水姿颜，是那样浅绿娇嫩而又恣肆活泼，就像初夏的草原被微风吹皱；就像钱塘、富春、新安三江汇聚嬉戏。承诚邀的朋友安排，悠悠然地在海上兜了一圈，兜圈中醉着痴着的我，没来得及记住那许多名也美景也俏的山海胜景，只暗暗自叹粗疏：没有早早来消遣一下洞头的海，真是愚人一个！

还令我喜出望外的，是洞头海上的礁岩。洞头岛的礁岩，是如此形神奇峭，当地人根据传说更出自珍爱，一一冠名，惟妙惟肖：神龟望天、石佛观海、狮身人面、乌龙腾海……最令人称奇的是号称“江南第一屏”的半屏山——当台湾岛的关于半屏山的歌谣早早为歌手咏唱并使大家熟悉非常时，我没有想到这另外的“半屏”，就娉娉婷婷地落在我们洞头的湖面上！

至于那个大大的惊叹号，当然就来自沟通五岛的七座大桥了。

七座大桥勾画的自是天下无几的惊叹号！

正因是海角水乡人，对于桥，我有着特别的情感。

四十年前，记得第一次从中原返故里，最引我情思蹁跹的，就是从最大的桥一座一座依次走向故乡最小的桥……最后，当我在故乡楚门的东门小桥——那只有三大步就能跨完的桥头驻足痴想时，伴随着“虽有中原黄土厚，那及故乡情丝长”的感慨，是一串滚烫烫的热泪……

桥是不颠簸的船。对桥的情愫，每每使我触景生情而遐思绵绵，于是，当我们随着庆典的车队“鱼贯”穿过那五个锦屏般的岛屿，当贯通五岛的七座大桥，珠一声、玉一声地依次以三盘、洞头、花岗、状元、深门、窄门、浅门等美丽动听的名字一一从眼前闪过时，我突然觉得两眼潮热，四十年前的热泪，仿佛又一次结珠成串地鲠在了喉头！

已到花甲之年，当然不会轻易地“听评书掉泪”。可是，几十年的游子生涯却使我至今害着一种“脆弱症”，凡是有关故乡的事情，总是使我分外动情易感，更何况在我眼中，桥是相逢的摆渡，更是思念的纤绳，大千世界浩浩人生，有多少故事以桥摆渡，有多少悲欢离合是在桥的陪伴下发生！

我们得知：使得五岛相通的七座大桥，从确立工程到最后建成，前前后后历时八年，所经历的艰难曲折，可歌可泣的无数故事，当然难以在匆匆一瞥中让我们尽情知悉。

因此，当“坐享其成”的我们，快乐轻松地从这万民仰望、众心所归而终于铸成的七座“彩虹”上徐徐而过，当看到有那么多穿了彩衣化了妆的人夹道欢呼并有那么多须发皆白的大娘大爷时，不知怎的，半个世纪前的那个“将你嫁到‘三盘’的袅袅山头”的“威吓”，骤然又如钟鼓拨响在我的心田！

遐思绵绵而触景生情，我来不及好好看看那依次衔接的大桥，而只是一味地凝视夹道欢迎、载歌载舞的人群，试图辨认她们是来自花岗岛、状元岙岛还是霓屿岛的姑娘……我发现，欢乐和美丽使她们是那么相似，从一张张抹着胭脂搽着粉、一双双眉眼都笑成了弯月的脸庞上，我看到的只是喜悦和欢乐，只是蓝天丽日下的明朗，我全然看不到过去岁月的哪怕一丝一毫的阴影！

我明白，阴影早被描绘 21 世纪洞头蓝图的彩笔尽扫，阴影早被这巍然而立的座座大桥下的碧波涤净！而关于 21 世纪的洞头蓝图，最有资格的论述者，当然是庆典大会上气壮山河地喊出“要将洞头建成海上公园”的洞头人，而不是走马观花的我们。

心潮逐浪的我，再也想不起更美妙的祝词，剩下的只有对贯通洞头五岛七座大桥的真心礼赞——

这七座彩虹，使洞头在浩浩东海中抛下了永不启航的锚。是桥，使洞头的天堑，变成了美妙的通途……洞头的七桥，美就美在它们不是悬在天边而是架在地上的彩虹，妙就妙在它们真正架在了洞头人的心坎上。

于是，当我醺醺然地从这七座彩虹上又一次返回时，我再次想起了关于桥的另一个精妙的比喻：桥，是路的握手。

不不，对于洞头来说，这七座美丽无比的桥，是岛的握手！是洞头人与新世纪的握手！

2002 年

好酷的松兰山

从象山归来，整个人好像被青绿和靛蓝浸泡过一般，从躯壳到骨子里都能榨出一片绿茵茵的大青蓝来；从象山归来，脑海里尽是一片山光海色，拍岸的浪涛使梦境都溅出了三尺水花！

也许是第一次得见，又好得出乎意料，形容起来就不免失度。虽然我以“反正不是修辞学家”的托辞自我宽宥，但情急中左思右想，还是找不到能准确概括象山的话。

都怪宇宙之神太钟爱象山了，在赐予它地球最宝贵的财富——大海时，又赋予它那么好的山和那么好的湾！

都怪造物主太偏心眼儿，它点画象山的地域海疆时，让它占尽了优势，于是，“海山仙之国”的象山，就不单单只具一般的山海风光，有着800公里黄金海岸线的象山，是全省乃至全国都数一数二的港湾。去年开始一年一度的“开渔节”，又让拥有608个岛屿的象山港名扬四海；而渔鼓震天、千帆竞发的景象，更是风光得连舟山普陀的虾兵蟹将都痒了脚底板！

象山如此得天独厚，还偏偏生了个“骄子”松兰山，说起松兰山的“骄”来，我那抖落了全部词汇的脑海里，只剩下一个字：酷。

是酷。松兰山真的很酷。

并非我文不对题地跟着当代青年摭拾先锋派的牙慧。“酷”这个字，在我脑海里由来已久——它始于我第一次看电影《追捕》时，对高仓健银幕形象的肯定，现在，它更延伸为我对一切美好事物的热烈礼赞。

我不常将“酷”这个字挂在嘴边，所以一旦说出，就是诚心诚意的歌吟。

初听松兰山之名，我原以为是“松岚”的“岚”——不是吗？山有松树，松散岚气，足够令人心旷神怡的了，可它，除了松之岚气外，还有地地道道的兰花！

你想想，这边是金沙如铺、碧涛拍岸，那边是青松苍翠再加兰花盛开，那该是什么样的景色？

松兰山的酷，就在于它是大自然赋予的一个巨大“氧吧”——无污染的空气，无污染的山景海境。

松兰山的酷，也在于它清静但不荒凉，它静静地与蓝海碧涛相偎依，安静宁谧无相扰，却又只距县城 9 千米，生活方便，逛街购物，眨眼就到。

松兰山的酷，又在于它本身的丰硕和健美，它披青挂绿，满山满坡的翠色！它周遭还有许多光听名字就使人耳目一新的峭石峻岩，而大灵岩便是峰中之魁。海拔高度 388 米的大灵岩果然灵气非凡，它的岩形极似澳大利亚闻名世界的“红心”，巨崖巍然，岩林峥嵘，当我正为它并非具有澳洲“红心”的红色而微感惋惜时，主人却说：我们这儿也有红色的岩！

此话不谬。原来，在松兰山不远的“红岩景区”，一片片如血的赤岩、一块块翡翠般的绿石，赭橙黄紫，花色交错，美美地铺展着。

松兰山的酷，更在于它有着让人乐不思归的沙滩。

我惊奇松兰山的过分“得宠”——它好像处处都能应和中国人的吉祥语：好事成双。

你看，大灵岩是南北两座，沙滩是东南两处，这东沙滩细分起来，竟有大大小小一共 6 处！而这 6 处沙滩，妙就妙在滩滩相连，奇就奇在那沙子的质地，匀细如粉，绵软如糯，首屈一指的“皇城沙滩”，有千米之长，洋洋洒洒地铺伸开来，真比绿茵场还绵软、比大毡子还惬意，在这样的海滩上嬉游，哪个人不想美美地打个滚？在这样的海滩上玩耍，十个孩子有十个你拉不回来！

松兰山的酷，还在于它有飞流直下三千尺的瀑布。我没有细问瀑布的条数和总长，总觉得此间人士在为这些山海风光起名时也是绝顶聪明的。听听，倒流瀑！那年走青海，一听说有条“倒淌河”就让我品出了特殊的况味，而这里明明是飞流直泻，却偏偏说它是“倒流”！不信？没关系，反正这里面还有一个好故事等着你竖起耳朵听呢！

于是，我又觉出来：松兰山的酷，还在于它酷得别致，酷得俏皮。而如果你有耐心听完松兰山那些所有与景名关联的一个个俏皮有趣的故事，你一定要做好这样的思想准备：打起精神熬上个三天三夜！要知道，松兰山曲曲弯弯景致多，每处景致都有来历，许多景名的来历还真是有鼻子有眼，如果说“小龙门”“仙人桥”已是司空见惯的话，那么，“沉东京”“五娘庙”“宋皇城”以及“皇城沙滩”的故事，真还有点善愿加神秘、忠良兼道义的美感呢！

松兰山的酷……呀，我得打住。松兰山是酷，可我要如此一个劲儿地“酷”下去，读者一定会怀疑我是否得了“狂酷症”。

那就趁“打住”前再絮絮几句吧！初识松兰山，我只悔来得迟迟；匆匆走了一遭松兰山，我只恨自己在识读《山海经》时的迟笨——为什么常常重复这样的错误？——只顾高吟远在天边的那些视之遥遥的名胜风景，却一次次错过了近在眼前的大好河山？

我只想说：如果允许“场外助威”，再等开渔节到来，我要在如雷的锣鼓声中，遥相呼应地狠狠吼上一嗓：

好酷好酷的松兰山！

2003 年

又见新昌

红是山花如燃的红，绿是青浓苍翠的绿，在春暮的日子里，与一班文友又访新昌，从头到脚涌动着一个感觉——新昌恰似其名：景观姹紫又嫣红，百业新兴而昌盛。

一个“又”字引我话题绵绵。

始识新昌在20世纪60年代初。从故乡到中原往返，新昌是必经之地。那时，玉环到杭州是十几个小时，途中不是在天台就是在新昌“打尖”，不得不吃的这顿“尖饭”，在满眼凋敝的景象中，吃下的是一份沉重一份感叹：“山中”的新昌，到底不比我们海边的玉环呵！偶有一两幢红瓦铺的房子掠入眼帘，问明了却是邻边嵊县（今嵊州市）的。20世纪70年代为新昌籍的越剧表演艺术家尹桂芳写传，从其身世中，更印证了那个时代大多数新昌人的命运概括词就是：穷山荒水，地僻人穷。

20世纪80年代末，我因为政协视察活动而来，新昌有了许多变化，四年前，一张“国际茶文化节”请柬，将我再一次召回新昌。似乎是转眼间，新昌便如此有模有样！“大佛龙井”的夺魁，使我和当年所有的参观者一样，不能不对这个浙江名茶之乡刮目相看；在整修一新的文化节广场上，我惊见了新昌人开始着眼于改革开放的大手笔，虽然从起点和速度上比别地慢了半拍，但“后来居上”却很能概括此地特色。因而当这种变化，不是以大轰大嗡而是以质朴的一点一滴的务实精神出现在世人眼前时，人们更能接受和认可。因此，与山水相照的淡泊，与人文精神相应的从容不迫，都可以说是此间一种风水一种精神的写照。

两年前，因为一位小学校长杨英明的英勇牺牲，我又一次被新昌人的这种既是英雄又是义士的壮烈行为所打动而受感召，在烈士的故乡，山重重，水渺渺，我叹息偏僻的山区改变赤贫的艰难，感慨这个年轻生命消逝的背后，仍然是20世纪最困扰中国人的问题——烈士以这座“背上的桥”引发了这个界说：教育的贫穷和贫穷的教育。我和合作者王彪以此为名编写了一部电视剧。令我们欣慰的是，编写时的唏嘘，终于有了可告慰烈士的结局：对新昌的下一代来说，这座“背上的桥”，是一个标志性的结束——在这块土地上，从此有了一所所很上档次的小学和中学。

因为多次的串访，我自认已经成了新昌的“知己”。但是，在这次“山水笔会”中，我却为这条未曾真正见识的“唐诗之路”的美貌而惊诧不已：无怪人说她是“浙东山水之眉目”，果然美誉不虚——大佛寺景区的绿意葱茏、穿岩十九峰的雄崖险峻、木化石林的罕见神奇、千丈幽谷的无限诗意、沃洲湖的烟波浩渺和天烛湖的幽深奇趣，都令我们在欢游中生出“恨不将身化山水”之叹，而“到此看无厌”更成了大家共同的话题。

我是太健忘了，大诗人李白和大画家徐渭不是早有吟咏吗？“此行不为鲈鱼脍，自爱名山入剡中”“含奇吐秀无穷极，出云入雨随能得”——这赞赏的就是新昌山水。不光古人，日本友人松甫友久不也感慨这里是“水爱曹娥绿，山怜天姥青”吗？如果朴实的新昌人早做宣传，那么，养在“深闺”的她，就会更早更多地被世人得识，对她的趋之若鹜，一点儿不会亚于雁荡山、千岛湖呢！

此次“山水笔会”的结尾尤有意趣——在县委副书记王学洪家，我们聆听了一曲极优美的《二泉映月》。人都知，《二泉映月》由行家用一把好二胡悠悠扬扬地拉出来，那琴韵是无言自深的。可是，当我们得知这把精美非常的二胡，竟是这位自称“琴痴”的王学洪亲自制作，连著名演奏家闵惠芬都曾为之赞叹不已。而为了制作这几把二胡，他也由此生发了许多烂漫的故事哦！怪不得这琴声有别样音韵，它流播的，不光是新昌的好山水，更有新昌人的好心意呢！

2000 年

不恨相识迟

“花开堪折直须折，莫待无花空折枝。”“无花空折枝”的怅惘，在我们的生活中时有所见。

与此近义的“恨不相逢未嫁时”，也是我们所熟知的古句。对于一个相识已迟的“红颜知己”，一个“恨”字，道尽了无可改变的人生格局所带来的心理伤痛。

人生在世，总有许多遗憾。认识一个地方和认识人一样，迟识和错失的遗憾，常常发生。

可是，对于开化，对于这个声名鹊起的浙北山城，我虽然刚刚识得，却没有“恨迟”的惶愧。

难道是开化这个地方“不怎么样”？不！难道是我不喜欢开化？非也！

我什么时候始知开化？数十年前，老同学从美国女儿处探亲归来，阔别重逢的见面礼，即是一小纸筒茶，绛紫的筒面，白色的“开化龙顶”四个大字，龙飞凤舞在碧绿的茶汤中。

我十分惊愕，笑着婉谢她的这份心意。可她一味固执：长住杭州，我知道你当然有好茶，不过，你一定要尝尝，见面分一半，这是学生刚给我先生送来的新茶，你喝了就知道了！

她怕我不收，找出晶莹莹的玻璃杯，马上拆了包装冲泡。碧清清的一杯水中，嫩生生的茶芽，立时像一队含娇带羞的绿衣仙子，展臂舒袖地舞起了“水上芭蕾”。

这样的如诗形貌！这等的清芬之气！我捧着杯子，以从未有过的虔诚，一小口一小口地品着这佳茗仙液……哦，真是少有的沁心爽人！

喝了这茶，我方知它的品味的确不让龙井，作为“贡茶”更是名不虚传。于是，我对开化的想象也开始出神入化了——能出如此好茶的地方，该有着怎样美妙的田园和山庄？

我什么时候又知开化？杭州河坊街重新开张那年，向来不舍工夫凑闹市的我，与老伴兴兴头头挤一身大汗去逛街，最终以在一间小店买得一只树瘤刻挖成的大果篮而归。

我忘了这果篮的价钱，只记得先后来问价的顾客没有一个像我这样爽快掏钱的。我兴兴头头提着这大树瘤果篮一路开心，只因记住了店主的悄悄话：物以稀为贵，这东西，你上哪里找去？只有开化的深山老岭千年古树才结得出这么大的瘤子！

店家“百货中百客”的生意经，我不懂，我只为自己得获了中意的工艺品而欢喜。每当端详这只果篮时，我便如幻如梦地想象着那尚未谋面的古老神秘之地——开化。开化，这样可意的东西只来自你，你该有怎样清幽的山林？你该有多少几个人都合抱不过来的大树？

我什么时候更知道开化？作协工会搞活动，大家计议去看这个“山”那个“泉”，有人就出主意：要看，就去看看我们的母亲河——钱江源！

主意是好却遭否定：到开化去？太远了！

开化，开化，却原来，对你的拜识，并非说走就走想去就去的简便；开化，开化，却原来，要真正探知你的奥秘，没有那股子寻旧友觅知己的虔诚之心，纵是去了也枉然。

好时节，好天气，我终于了却多年相思去了开化。

节令有“殷勤昨夜三更雨”的春气，天色是“照水红蕖细细香”的清明。就像殷勤探看的青鸟，更像寻旧友觅知己、回归阔别经年的故里家园，一颗心是那样的跃跃不已，一颗过于急切的心只载着一个字：快！

开化是那样从容，开化是神态持重的长者，虽知我的急切，却将所有的表露，都隐含在慈眉善目的微笑和止于言表的凝视中……开化，开化，原来，我来探看你的丰富，你也在考量我的虔诚！

在人人向往与自然森林相亲的今天，在城里人变着法儿要去“氧吧”享受好空气的眼下，这片浓得化不开的绿色，就是上苍对开化的最好的赐予，这样的福地就是当今人类最艳羡的所在。开化，开化，怪不得你有如此这般的好名字，原来你是水长流、山大开，自然最大化，你能让天下人尽情享受天然氧吧的浸浴，你能让所有的来客都能在碧天绿帐的大天池中，尽情酩酊最美丽的大自然啊！

我走进了开化，开化首先让我一饱眼福的，是以“醉根”冠名的根雕艺术馆。

自以为在海内外看过太多根雕，自以为这这那那的根雕都不会让我过于惊奇。但是，当“醉根”的主人敞开馆门时，我还是不由得赞声连连：你看这神态各异的五百罗汉；你看这可躺上两三人的“巨型”大茶台。还有那无数千奇百怪的精品绝品，当然，最迷人的就是那些没有冠名而让你想象无限的根桩，看着它们，你真的相信是“醉根”的主人徐谷青得了神助，不然的话，缘何成千上万座奇根崛石大树桩，就像得了缪斯命令似的从四面八方集合到他门下来？

徐谷青原来是地道的山民，醉心根雕整整20年，现在，事业如日中天的他，依然保留着山民的那股粗犷和淳朴。当他从正在大兴土木的上接山泉下辟茶园的大艺术馆的卵石道上，倒背双手眯缝着双眼徐徐走来时，我忽然发现：这个肌肤糙黑身躯精瘦有着乱蓬蓬须发的徐谷青，好像就是天公地母和开化山神造就的一座大根雕！

我仿佛在这时才识得了开化，原来，开化就是慈心无边的母亲，开化对于全心全意热爱她、呵护她、弘扬她的儿女，会以大刀阔斧的慷慨，还钟爱她的儿女以最大的馈赠。

我走进了开化，来到一个叫何田的乡村。

初听这村子的芳名，我马上来了心劲：江南可采莲，莲叶何田田。何田，何田，将有何等美丽的情境？主人紧接着就告诉我：这何田，不仅仅是名字好听，到那里，你还将吃到最可口的鱼。原来，何田是此间最有名的清水鱼之乡！主人说这儿的鱼美味，在于它毫无泥腥气，它是源头活水养育的。

来自海边小镇的我，是属猫的，对于鱼的爱好完全可以舍熊掌之惑。于是，当我在细雨的伴奏和清幽的暮色中走进福岭山麓，走进这个叫何田的村子时，我自己就像一条鱼儿般欢活起来。

顾不得细看“清水鱼生态园”漂漂亮亮的别墅型房子；顾不

得细看生态园那大棋盘似的鱼池分养着的各色观赏鱼和食用鱼，当天上的密密雨滴与塘中的鱼儿水泡，已经织成涟涟的珍珠，当福岭山——金佛山深浓的丛林黛色，为它怀抱中的这座乳白墙垣绿纱窗的“生态园”，越发勾勒出“疑是天上宫阙”的模样时，我与同行要来了主人的钓竿。此时此刻的垂钓，早已不仅是钓运和口福的期盼，而是地地道道的“人疑天上坐，鱼似镜中悬”的幽赏之乐。

到底是何田清水鱼——抛一根细线，夹一片青草，不消片刻，那三四斤重的大草鱼就泼刺刺地上了钩！一条一条又一条，欢声四起时，大家笑说何田清水鱼真乖，真为它的主人为自己的名声壮脸，何田“清水鱼”的别名应该叫何田“好客鱼”、何田“懂事鱼”！

我在大家的说笑中再次感悟了开化——开化本来就是既慷慨大度也美味无穷的大自然，山林在地，就让它幽密如帐绿得淌汁，鱼儿在水，就让它清澈见底而又鲜嫩无比。

煎鱼、烧鱼、烤鱼、清炖鱼，记不清上了几碗几盘几盆，也形容不了它的美味，鱼饱汤满时，只一句馋鬼的俚语潜上心头：何田清水鱼，真让人连舌头都会一块儿吞的！

我走进开化，最大也最终的诱惑，是旅游广告词“食何田清水鱼”的上一句：“游开化钱江源”——不去探看钱江源，等于没到开化。

与水有着不解之缘的我，从来不厌对江河湖泊的探寻和赞赏，小溪九道弯是我故乡的景致，也是我曾经为之精心经营的中篇小说，而梦里流水声，更是我生活和写作的灵感源泉。

就这样默忆着旧时梦，就这样谛听着流水声，走山道，踏小径，行过农舍行过丛林，一路上，近处远处，但见云烟袅袅，一路上，随处可听山泉潺潺……毋庸主人细指点，我已会意：寻访钱江源，就是一路诗梦，探过钱江源，诗梦更酣甜！

哦，这就是钱江源，这深深的峡谷间，这浓浓的林帐中，一条细细的水瀑从天飞泻，一条清清的山溪接着宽宽窄窄九曲回肠地跳过岩头，越过涧石，跌跌宕宕地汇聚到一个清澈见底的水潭时，竟有九十九道弯！

说“九十九”，那当然是我的臆测，忘情而痴迷在源头的我，只记起了九是我们对数字的最高颂扬，一条被冠以我们浙江母亲河的钱江之源，最合适的数字就是这个九十九！

还用比较这钱江源与天下的名流大川哪条更壮美吗？还用形容这钱江源是如何奇诡、怎样地多姿吗？人对母亲崇敬，人就会对母亲河的源头发出同样来自内心的赞美。

最高的赞美常常无言，人在这时也常常只能用惊叹来替代。

于是，我也只能把最大的惊叹再次赋予开化，开化原来就是不需遮掩不需妆饰清流不断的大自然！

我走进了开化……哦，我其实只是走近了开化的一角，竟就这样忘乎所以地大叫大喊。我知道，我的老毛病又“发作”了。

我的老毛病就是：总是自认山水知音，见了好山水就害单相思。

疗法只一个：泡上一杯龙顶，将对开化的全部怀恋，都浓缩在这杯清清的茶水中……

2005 年

气压江城十四州

五月走台州，从宁海到椒江，从椒江到路桥、临海、温岭、再到天台。回味走过的一路，忽地就跳出这两句诗来：“水通南国三千里，气压江城十四州！”

诗词界中人都知道，这是女词人李清照题诗“八咏楼”的后两句。

忽然想起这两句诗，是缘因在台州行这一路所见的山河景致以及万千气象，切切应和了这位“笔卷烟波万顷”的女词人的如海襟怀。

台州是我的大故乡，上述这些地方，几十年来去过不止一次。可是，而今从头翻阅这一张张撒在台州各地的日历，却不由生出“从头再识韩荆州”的敬意。

这“韩荆州”指地方，当然也指人。

台州值得从头再识的地方太多了，台州值得从头再说的人物太多了，千斛水取一瓢饮，我这里先说生疏而又印象最深的临海。

临海，原来并不生疏且有很多的亲切感，这不仅因为它和我的故乡玉环一样山川美丽且都“临”着“海”，更因为过去它一直是台州地区的“首府”。我从中原回玉环老家，对这个来来往往必然路经的“台州府城”，总要投以充满敬意的注视。

临海为灵江环绕，自然就有了水乡泽国的灵气，作为山海兼备的州府，它又从来物产丰饶。月前，因为陪谢晋导演在台州各地选景，对地辖临海的那个“万象画图里，千岩玉界中”的桃渚古城，印象极佳。由此更认定这个台州府城有着不可小觑的品貌，就像仪态万方的大家闺秀，从不招摇，却端庄娴静，举手投足间自有不可抗拒的魅力。

临海真正的“质地”，是它广博深厚的文化底蕴，是它薪火相传惟承一脉的历史。临海的魅力在于文明渊薮，它在端庄娴静中所透示的凛凛威势，来自那屹然山峙的唐代古塔，也来自那“气压江城十四州”的台州府城墙——江南长城。

今次走台州，在我来说，一个极大的兴趣点是想看看慕名已久的江南长城。为了保持心中的那点儿思慕、那点儿想象，我故意先不看主人提供的种种文字和图片资料，免得先入为主，免得大同小异的解说词会使我在游程中脑子发懒。说真的，于我来说，这长城是否现存 5000 米，是否依山就势，是否逶迤曲折，都不重要。因为，北京八达岭、秦皇岛山海关等处长城，我在不同的年代和季节都曾登临过，印象如镌如刻。山舞银蛇、原驰蜡象的壮景，更使当时年轻的我如醉如狂。曾经沧海难为水，所以，我想体味的就是临海到底有着怎样的长城，体察一下它的与众不同。

我听说，2005 年，刘翔领跑万人登这江南长城，是轰动全台州的盛事，这样的事于奥运冠军自然是小菜一碟。但于我这平日行走就脚步迟笨的花甲之人，真要一股脑儿走下来，登高几千米并不轻松。

幸亏有主人在路程上精心着意的安排，我热切期盼的登临，终于成为愉快的赏游。而这一日，偏是风也解意，天也赏光，清风徐徐，阳光烂漫，云是大一团小一团的聚着散着，鸟是长一声短一声的鸣着叫着，城墙边的老树新树都苍着翠着，依着傍着老树生长的花花草草藤藤叶叶，也都娇嫩欲滴得直要流淌出这暮春初夏的鲜鲜活活来！这样境地中登长城，你哪会叹惜长城的憔悴古老？这样满眼春意中看长城，你哪会觉得长城是荒僻苍凉的？临海这长城苍龙起伏，是让你品味历史的悠久；这砖砌石阶蜿蜒如线，也是让你更加投入地处在幽游的情趣之中。呵，临海这江南长城，美就美在它是春意盎然的长城，它的城堞不管哪一垛、哪一段，都有神龙不见首尾的妙处，明明是城堞墙垛，明明是砖阶石级，又非全然是无味单调的城墙与石级，一程程行来，一程程都有柳暗花明又一村的景致；一道道登上去，一道道的砖阶石级好像也都有自己的品性气质，你看看这可人意的宽，你摸摸这可人意的厚！凝眸端详间，只见这一块块砖石都像含着无言之诗，这一垛垛墙堞也都是不墨之画，你看这石诗墙画，因为都被周遭若隐若现无穷无尽的苍翠遮蔽，于是，那苍苔也成锦绣，那草木也倍加斑斓，你再看那远处蒙蒙的云山，再看那淹没在云山中隐隐的楼台，端端是天公巧布的一幅大青绿山水！

一道道，一程程，终于登上最高处的白云楼，一颗大大的明珠忽地就跳入了眼帘！明珠般的东湖就在脚下，那样清爽，又那样精致，此时，整个小城都像淹在绿葱葱的汁水里，那是幽雅得无法形容的苍翠，那一座座像巨大盆景托起的亭台小阁，那一汪汪把人心眼瞳都映得清清亮的涟池碧水……哪处都很好看，哪处都很文静，哦，临海，临海，原来，临海是生生被秀水丽山宠坏了扮酷了才随便起了个“大白话”的名字——临海！

此时，俯视脚下也好，极目远眺也好，巾山塔群、东湖园林、唐代古刹、明清老街……无不一一尽收眼底，此时，星罗棋布的人文景观，一一在你脚下！啊，此时此境，还能说道什么，形容什么？你只觉得整个台州仿佛都在眼前，整个台州的山水风骨都物化为眼前的生动美景，你吸吮尝享的，是古城的韵味，你感受感悟的，就是那种文化气场，那种最有风骨的“气压江城十四州”的威势，一下子一下子集聚在心海！

2006 年

梦里寻你千百度

我是喝东海水长大的。

“青山绿水的故乡——浙江玉环楚门镇，以富饶的鱼米养育了我，串村走乡的戏班子，也以演出的古老的传统戏，给了我最初的文艺营养……”

这几句话我说了不知多少遍，常言道“话说三遍淡如水”，但我却不腻烦这个重复。我对故乡情浓于酒，再说一千次一万次也难以道尽我的恋念。

故乡令我追忆的事太多了，我经常想起这样的情景：

一河碧水，荡开圈圈波漪，呵，小船划过来了，一只、两只、三只、四只……靠了岸，系了缆，船上的人都下来了，男的女的，老的少的，说说笑笑，熙熙攘攘，一齐朝一处墙颓壁破的庙台或几根大毛竹搭成的“戏棚”拥去了……庙台上，戏棚里，锣鼓铙钹震耳，笙箫管笛齐奏，哦，某处来的“的笃班”（以前我们对越剧团的称呼），大戏演得正热闹哩！

演的什么戏呀？什么都有：《白蛇传》《孟丽君》《珍珠塔》《钗头凤》……

我那时还小，常常是被大人抱在肩头或坐在高高的“梯凳”上才看得见台上台下的一切。我看见了台上的红男绿女，虽然不懂其中的悲欢离合，可是这一切都使我非常入迷；而令我惊异的还有台下——台下的男女老少，拥着挤着，仰头看着，一会儿眉展眼笑，一会儿涕泪唏嘘……慢慢地，我也跟着笑，跟着哭，为了台上那些人的离散和屈死，我也哭得泪人儿似的……

戏剧——古老的戏剧，就像润物细无声的春雨，悄悄地潜入了我的心头，孕育和催发了我对文学的爱好，我迷上了戏剧，迷上了书。

还是那笙箫管笛，还是那锣鼓铙钹，不过，戏台已经不是那种残破的庙台或简陋的竹棚，而是筑在平坦的晒谷坪上的一个宽大的水泥台子；观众们还是熙熙攘攘，你拥我挤，不过，台上的戏已不单单是缠绵哀怨的男女恋情。这时，敲的是解放的锣鼓，响的是“土改”的爆竹，戏呢？《血泪仇》《刘胡兰》，而当抗美援朝开始时，《木兰从军》《空城计》也是少不了的……我呢，也从台下的小观众变成了台上的小演员，无论是扮演没有一句台词的诸葛亮的“琴童”，还是花木兰的弟弟“花木棣”；或者是扮演只有三句道白的《血泪仇》中的“狗娃”，都令我非常兴奋、激动。我跟着老师们串村走乡，演了一场又一场……还是在演《血泪仇》时吧，一个老太太跑上台来，搂着我这个剃着光头、穿着破夹袄的“狗娃”，“心肝儿肉”似地哭得气咽声哑……

戏剧，就像一道神妙的催化剂，使我懂事、早熟。那时我已上学识字，参加这些演出和活动，大大丰富了我的生活。我在课本以外的书中认识着世界，在丰富多彩的活动中认识着人生……

以上这些，是我儿时在家乡所见所做的真实的事，这些事，又像是梦，时隔二十多年了，这迷离恍惚的情景，一次又一次地出现在我的梦境中。

梦是心头想。烙在心头的美好东西，岁月的灰尘掩不住；镌在脑海里的深刻记忆，到老到死都难忘。

人是需要文化生活的，不管是贫瘠之地还是鱼米之乡，人所渴求的总不仅仅是物质上的温饱。文化生活——这使人的道德、品行、情操变得美好起来的精神养料，永远是人不可或缺的。即令是一些瑕瑜互见、珠沙相杂的古老的戏剧，也多少能使人们从中受到道德的教育，得到美的营养。

人民是需要美、懂得美的，我故乡小镇的人民，也不例外。

我没有忘记，我故乡的人民，即使在“瓜菜代”的年月中，在清水薄汤的日子时，也曾扶儿携女、前呼后拥地去看我们业余宣传队演出的《钢铁元帅升了帐》《天上仙女下凡来》等节目。是大家愚吗，蠢吗，自欺欺人吗？不是，即使是在艰难困苦的时候，故乡的人们也没停止对未来的向往、对美的追求。

20世纪60年代初期我告别了故乡。我听说，在十年“文革”中，故乡小镇的许多人都曾遭过罪、吃了亏，遭罪吃亏最多的还是干部、教师、说书人、演员……可是，随着时间流逝，人们身上和心上的伤痕刚刚平复的时候，大家便发起并很快建造了一座大剧院。我明白，我明白人们为什么这样迫切地要去追回那失去的笑声和欢乐，追回能够给大家带来美的享受的往事。不久，我也看到了这座剧院矗立在小镇的尽头，傍着绕镇而流的一弯河水，在山头海角的乡间来说，漂亮得堪称皇冠上的一颗明珠。我也看到了，每当放映电影或演戏的时候，卖票处就水泄不通，五尺大汉也会被挤得“扛”出来；在放映电影《红楼梦》的时候，作为越剧迷的故乡父老，每人至少都看了三五遍，有的甚至达到了八九遍之多。

呵，我故乡小镇的百姓，对戏剧艺术竟是如此的一往情深！

我同时也记得：故乡小镇的百姓，特别是老辈种田人、讨海人，很少有人到过北京、上海，从没见过大世面，言谈话语，常常透出乡下人的朴直粗憨；他们中，有人曾对“人能飞上月亮”坚决不信而甘愿打赌认罚，也有人曾可笑可怜地把“大海航行靠舵手”这句“普通话”误传成“东海龙王敲大鼓”而挨训遭批，而后又传为笑谈；但是，不管是聪颖诙谐的还是拙朴愚鲁的，我故乡的父老绝对有着中华民族子孙共同的美德和品性：他们勤劳朴实，也不乏机智幽默，至今他们还十分讲究礼义人情，在极“左”口号喊得乱响的年月，也决不抛弃在他们认为是天经地义的古训；对自己，往往是一个铜板掰成两半节俭地花；对客人，却是拔落衫袖地慷慨。他们乐观爱美，对看戏、听书、会市、滚龙灯等一切娱乐活动，都特别喜欢……

远在千里之遥的河南，我常常苦于听不到被称为乡音的“蛮子话”，于是，只要一听到越剧，我便屏声静息，如痴似醉地倾听……这几年常去外地，虽然在全国各地也不大容易碰到楚门人，但我却惊喜地发现了来自故乡的让顾客所啧啧称羡的产品：你看，那大金钩般的虾米，那乌光闪亮的紫菜，那薄得透明的虾片和大得吓人的鱼鲞，呵！农、渔、盐、工、商各业俱全的小镇，是我的富饶的故乡！

更令我愉悦的是：在一次出口工艺品展览会上，我看到了那极为纤巧精美的《中国民间剪纸》和绚烂如霞的各种花边刺绣品上，竟然也标着：浙江玉环楚门。

这时，我虽然没有像孩子一样浮狂地喊叫，可却怎么也揩不干那盈眶的喜泪……

远在千里之遥的河南，我只能常在梦里回到故乡，在梦中走过那有着许多石级的小桥，在梦中踏上那金黄的软软的海涂，在梦中尝享那喷香的大米饭、鲜美的鱼虾蟹、爽口的竹笋汤……

呵，故乡，你在我心中的，绝不只是春韭秋蔬、鱼米虾蟹的缅思，你那不老的青山、如镜的碧水，都使我无限眷恋；而你那勤朴的、那执着地挚爱着美、用不倦的劳动创造着美的人民，更使我永远怀念。

可惜的是，文愧金声，才非玉润，我只能举起迟慢的笔，在遥远的他乡，笨拙地将你描绘，痴情地将你呼唤……

1980 年

绿色的漩门港

玉环县楚门镇东南的漩门头，是包括了漩门山和漩门港的一处山海所在。漩门山的壮美是不待言的，那怪异峭拔的峻岩、长年飞溅的山泉，都令人叹为观止；漩门港的险要也是毋庸置疑的，它是连接温、台两地的咽喉要道，你只消看看它漩涡连连、舟帆不绝的壮景便足见一斑。山有脉络，水有原委，据县志载：“漩门港是两山壁立一水中流的险处，西接清港楚门诸水，东流于海，潮涨时水平而缓，退则波流湍急，旋绕成涡，舟行不得其时，往往覆没……”

小时候没读过县志，也不知道这段记载，可是家乡流传着的漩门头的故事却早早地印进我幼小的心灵，激起我无限的遐想。

故事大概是这样的：许多年以前，漩门山这一带虽然山色秀美，却十分荒凉。山脚下人家很少，在靠海的渡口只住着一个贫苦老汉。这老汉无儿无女，靠织网打鱼为生。老汉辛勤劳作，却不得温饱；撒下去满腔心血，收上来的却是一网眼泪……一天又一天，老汉因久无所获，贫病交加躺在床上。有一天，门外忽然来了个讨饭的小孩，老汉见这小孩瘦骨伶仃，十分可怜，便把饭篓子里仅有的两块锅巴和一条鱼干给了那个小孩。

小孩走后，老汉忽然觉得自己病轻了，人也一下强健起来，便下床来，扛起渔网，准备再去碰碰运气。可是，他出门一看，不禁大吃一惊，平日那半涌的潮水退得一干二净，海底袒露着一片黄黄的泥涂。老汉叹了口气，只得返身回屋，当他在门边扔下渔网时，看见了泥灶也残破不堪，于是又快步走下海底，在海底突起的那片状似门槛的泥涂中，挖了一块泥巴，糊到破灶上。

第二天，老汉一觉醒来，只觉满屋金亮亮，原来昨天补在灶上的泥巴变成了一片黄金。出门一看，海水又涨得满满的，老汉撒下网去，网网都有肥鱼鲜虾……周围人闻说，纷纷迁此捕鱼捞虾，从此漩门港人丁兴旺，日渐繁荣。

后来，一个贪心的官吏知道了这漩门港发达的由来，便驾了大船，派人到漩门港挖掘海底这条“金门槛”。可是，船刚驶近当年老汉挖取泥巴的海面，只见一个大漩涡把大船霎时漩入海底。而后，这片埋着“金门槛”的海面，便波涛汹涌，波漩湍急，形成了有名的漩门潮汐……

这个故事，虽然神话色彩很浓，但大抵是合人心的，所以也就传下来了。当然，令人不解的疑团还是有的，老人们说：既然扮作乞童的神仙能助善伐恶，那么这漩涡在沉了官船后，为什么还要长存下去呢？因为后来在漩门漩涡中屡屡丧生的多是贫苦渔民呵！

青年们的兴趣则在那条“金门槛”上，它到底有没有，还在不在呢？如果把它打捞上来，为玉环的黎民百姓造福，该多好啊！

此后，我没有听到有关漩门港的更多传说，可我却忘不了这样两件事：

进中学时，我记得同级有个身材纤弱的女同学，她之所以最早引起老师和许多同学的关注，不是因她学习成绩优异突出，也不是因她性格温雅娴静，而是她那一身墨黑的学生装和辫梢上那两根素白的头绳……这一身素缟使大家很快明白了她的身世：她的祖父母、父母、哥哥嫂子，都在一次渔船驶过漩门港时，连人带船沉没了，这个失去了所有亲人的孤女能上中学，不用说是享受着人民助学金……

还有一件事：有一次过队日，我们结伴春游到漩门山，当淘气的我学着顽皮的男同学，在山顶抡起石头投向漩门涡想试试水花，看看山有多高、水有多深时，忽然，脚下一滑我被两只纤弱可是有力的手拦腰抱住了。猛回头，我看到背后那双温柔而惊恐的眼睛和扎在辫梢上的素白的头绳……

漩门港，漩门港，你留在我记忆中的，便是这样可惊与可怖夹杂的去处，险恶和神奇相交的所在。我一直想，你一定会带着排天的浊浪、湍急的波漩世世代代肆虐海面，而“金门槛”呢，也不过是神话而已。

可是，没料到，前年，在家乡飞来的众多喜讯中，第一个竟是这个消息：漩门港底的那条“金门槛”被捞上来了！

过分的惊喜使我愣住了。我的心顿时插上了翅膀……

今年，当我一踏上家乡故土时，我的第一个念头便是：看看漩门港！

“是要看的，漩门港的事，《人民日报》都登了，是《人民日报》呵，还是头版消息呢！”兄弟姐妹们说。

“是要看的，漩门港的事，玉环盘古开天第一桩呢！全省的有名工程呢！”亲戚邻居们说。

“不光要看，应该写一写呢，不写几句，对不起漩门港，对不起玉环人哪！”爱开玩笑的朋友们说。

不管写不写，不管写得好不好，总要先看。

呵，我看到了，我万万没有料到，扑入我眼帘的竟是这样一个绿色的港湾！

一刹那，我恍惚以为来到了幽美如画的青岛海滨；我怀疑自己身在人间天堂西子湖畔！

绿色的！漩门港的海水竟是绿色的！呵，漩门港，你原先那浑黄的沙波、恶浊的泥浪到哪里去了呢？漩门港，漩门港，我要大声说你绿得美！绿色，是春天的颜色、生命的颜色！

呵，绿色的漩门港，像一弯春水般幽美恬静。港湾中，舟帆点点，桅樯似画。

呵，苍茫的漩门山，低下三尺头颅的漩门山。当年使人们引颈眺望的漩门山航标塔，现在成了废弃在港湾中的半截石柱，多有趣！

金门槛，呵，差点忘了，打捞上来的“金门槛”在哪儿呢？

陪我前去的朋友哑然失笑了，右手直指眼前：这不是吗？

我眼前顿时一亮：可不是嘛？在绿色的漩门港中，巍然匍匐着一条金色的门槛——漩门港大坝！呵，就是它！

是的，就是这条大坝，接通了玉环和最富饶的城镇——楚门的陆上联系，连接上通往温、台地区的公路网，使从前交通极为不便的玉环岛，从此四通八达。

可是，漩门港大坝的意义绝非仅此，“金门槛”给人们造的福也不单单是这些。你看，这截流堵漩的金堤一筑，它的臂弯里就是千顷良田呵！晓事内行的朋友告诉我：第一期工程一竣工，这淤灌的海涂田少说也有七千亩，而且，马上还要开始第二期、第三期……

我们跨上大坝，缓缓地从这头走到那头。这时，迎面漫步走来一个身穿工服的女同志，只见她一边走，一边不时俯身向海，朝着港湾中悠然飘行的船只深情微笑……望着这似曾相识的身姿，我惊异了，竭力搜索着记忆……这副娇小的身材，这双温柔的眼睛，呵，难道还用辨认吗？当年那浑身素缟的女同学，那个一见漩门港便惊慌失措的姑娘的面容霎时涌上了我的脑海。

可是，这怎像当年的她呢？瞧这矫健的步态，瞧这满手的硬茧！……呵，漩门港、漩门港，你这腾天击地的恶浪，练就了多少人的胆魄，铸硬了多少人的气骨！

当这位意外相见的女友，豪爽洒脱地叙说着自己参加堵港的经过时，我忽然问她：还记不记得“金门槛”的故事？

她笑了，轻轻一掠被海风吹乱的头发，露出一口洁白似贝的牙齿，像一个真正的海边人那样粗犷地笑了：“怎么不记得！是的，那神话故事现在才算真正应验！这条‘金门槛’一捞上来，玉环人民子孙后代受福无穷呵！你问怎么进一步利用吗？嗨，真是八仙过海，各显神通。搞农田的同志主张：围海就为造田。据说第三期工程一完，淤灌的海涂田可达七万亩！七万亩，全县土地翻一番呢！管水利的同志却讲：搞潮汐发电最有利，建成个大电站，几个地区的电力都不用愁。而搞外贸的呢，你猜怎么说？干什么都比不上海涂养殖，光说种紫菜，养牡蛎，再过二十年，就叫我们玉环人个个钱袋撑破！哈哈，这条大坝实在是条‘金门槛’，一条通往四个现代化的金门槛！你信不信？……”

我当然信。

1979 年

楚门杂咏

桥

我从中原返故里，越过南京长江大桥、钱塘江大桥、临江大桥、黄岩大桥，最后，走过了家乡楚门的小桥——东门桥。

桥，越走越小；情，越走越浓。

大桥通向小桥，这一座座大桥，都是那座小桥的延伸，从古老到新型，从简朴到壮丽；这一座座桥，留下了我人生道路的脚印，时而艰难时而顺畅，时而轻松时而沉重。

小桥连着大桥，我走过的一座座桥，都从第一座小桥开始，因而，故乡楚门的东门桥，我记忆最深。

桥栏上的那对青石狮子，精致玲珑，皱褶中仿佛还留着我儿时嬉戏的抚痕；桥下的小河，流水淙淙，仍似一架古琴，终年不绝地弹拨着故乡的衰荣。

伫立在桥栏旁，久久凝思，我为一个发现怅然若失：小河，愈流愈窄了，小桥，愈来愈短了。

当然，那只是我一时的错觉。当窄短的桥头再次响过旅游车的轰鸣时，我恍然大悟了：小和大，从来都是相对词，窄和短，既是眼界开阔后的变异，也是宽和长的浓缩。

路

白石头，青石板，一方方，一块块，铺就了家乡的街路。

家乡的街路，我不知走过多少个来回，赤着脚板，沾着田塍的泥泞。那街路，修长又弯曲，滑溜而不平；那街路，闪着青石板、白石头的光泽，带着白石头、青石板的响声，常常沉入我的梦中。

新中国成立后，家乡第一件大事是修路，筑公路，修街路。公路通了，楚门第一次响起了汽车喇叭声；街路铺好了，拄着拐杖来“荡荡砖头路”的老婆婆，一边笑，一边念：共产党就是好啊！

历史的车轮毕竟太沉重了。三十多年过去，沙石公路又显得那么窄狭，十字街的砖路又被碾轧得破碎不平，仿佛是变魔术似的，今天，在昔日的十字街南头，出现了一条新街路——南兴路，一端通向镇外，连接着平整的公路，一幢幢样式新颖的楼房，气宇轩昂地簇拥着这新建的街路。

沿河的新路，筑起了一道白石桥栏，弯弯曲曲地延伸在环镇的小河中，白石条铺，青石板砌，古朴端庄，九曲回环。桥上坐落两座小亭，一曰“迎晖”，一曰“近月”。

一群群西装革履的小青年在桥亭上嬉游，他们用行家的口吻、现代化的眼光，评论着这条新街路和这两座九曲桥亭的筹办人——一位刚离任的老镇长。

人眼是秤，众口是碑。他们赞颂这位在小镇当了二十多年的老镇长，留下了这件造福后人的政德。

就在这时，我忽然注意到了，大路的另一端，还有这样一段路面：白石块砌，青石板铺。哦，肯定不是工料短缺，也绝非工程粗疏，那一定也是老镇长独具匠心：在这条通向未来的大路上，他想保留着历史最早的脚印。

集

楚门很喧闹，最喧闹的是集市，楚门人人忙，最教楚门人着忙的是赶集。

楚门五天一集。赶集成了家家户户离不了的生活内容，如果把集市比作竞技，那么，前四天是磨炼，这一天是冲刺。

楚门是一个商品经济意识异常强烈的集镇。集市这天，楚门如欢腾的大河，熙熙攘攘，人声鼎沸，从南街到北街，从东头到西头，扁担傍着扁担，车流接着人流，鸡欢鸭叫，虾蹦鱼游。楚门这个小镇，真是集天下之富有：米麦豆面，鲜菜嫩蔬，海产土产，山珍海味，南北水果，应有尽有。

集市这天，楚门是色彩的海洋。百货店、杂货摊，竞相展销；国营网点，个体小贩，高声叫卖；穿的、用的，洋的、土的，上海、北京的紧俏布，香港、温州的时髦货，五颜六色，争奇斗妍，别处紧缺的商品，这儿也能得见。楚门这个小镇，真是集天下之大成，就因为这里有的是商品生产和商品流通的精明人才。

集市这天，楚门是信息的中心站。四乡八岙，统统赶来。商品生产的网络交叉，生活渠道的各方会合，磋商、交换、碰撞、竞争，五行八作，大显身手；新名词、新观念、新款式、新衣衫；农民早已不再是单纯的农民，小镇也早已成了千姿百态的大社会。

集市这天，楚门会让你更多地感到生活的跃动、奔忙，你会兴味酣然地觉得生活的河在眼前欢快地奔流，五光十色，生气勃勃。

哦，难道，我还要为故乡逐日失去了古老宁静的田园美而叹惜吗？

1985 年

美哉，楚门文旦

因为它，我常懊恼自己不会作画；因为它，我常惭愧写不出绿色和金色的诗行。

客居中原时，长忆故园千般好，情思绵绵中，首先萦回脑际的，也常是它——楚门文旦。

说起楚门文旦，有个趣闻常挂嘴边：在青山如画、碧水如镜的故乡，一个病势危重的老人，几天水米未沾，当她那孝顺的儿子，在隆冬季节终于寻来了一个她渴念已久的文旦时，老人刚刚吃下两瓣，就从病榻上跃然坐起，面色转红，不久，即大病痊愈。

这则趣闻始传于耳时，我坚信绝非虚构，因为那位有名有姓的老人，是我家邻居，作为远离故园又熟知文旦美味的家乡人，我觉得这个奇迹，实为这一佳果添加了神话般的色彩。于是，每每想到文旦，就似面前倏地展现一幅品味不尽的青绿山水画卷，教我眼瞳一片鲜亮；每每说到文旦，我就两颊生津，喉底回甘，神情亦如犯馋的孩童一般。

文旦为芸香科柑橘属果树，其实就是柚子，但楚门文旦又优于各类柚子。

楚门在哪里？地属浙江东南部玉环县的一个小镇，说是小镇，它地区并不僻远，地域也不小，来玉环的人，一定要来楚门，因为到玉环必先经过楚门，更因为楚门自古以来就是商埠。密密集集的高楼华屋，数不尽的各种海鲜，使光临的远客啧啧赞叹；而别处绝无、楚门独有的佳果文旦，更成为楚门的一“绝”。因此，凡来过楚门的人，都说没尝过楚门文旦，算是白去了楚门；离了楚门的人，若是吃过楚门文旦，就再也忘不了楚门。

关于楚门文旦由来的传说，浪漫的，现实的，委实太多了。有说这果实原是海龙王庆寿的仙果，被一头调皮的神鹿衔了出来，渡海上岛，种子落在楚门一个叫“山外张”的小山村，才得以播扬；有说是早年间，福建有位姓文的女伶，人称“文旦”，含冤死后，从楚门去的商人为她筑坟掩埋，后来坟头上长出一棵树冠如伞的柚子树，那树枝丫缠缠绵绵，结出一对又大又圆的柚子，商人见了又欢喜又哀戚，便摘下来带回家乡播种……凡此种种，不一而足。但楚门文旦的种植，至少有120余年的历史，却是县志上清楚记载着的。

楚门文旦树是一种很美的乔木。树形高大，树冠紧凑，多主枝，圆头形，无须多加修剪，老树便呈自然的半圆。远远看，亭亭玉立，走近瞧，那亭亭的伞盖，撑起一方浓浓的绿荫，是人们闲坐憩息的好去处。清明时节，楚门人家家蒸糯米青团，讲究的人家，便要剪一片片油绿的文旦树叶，铺在青团底下，那沁心的芬芳，熏染得青团更加清香碧绿、糯甜可口。最喜初春时节，一树玉花灿然开放，花蕊嫩黄如金，花瓣洁白似雪，那香气更有点特别，淡似桂花，又比桂花清醇，浓如茉莉，又比茉莉撩人。这清醇撩人的香气四散扑鼻，谁家院里只要栽上一棵，香气就满溢庭院；有朋自远方来，没待主人斟酒倒茶，光这柚子果香，客人都会未饮先醉。

人们还说，楚门文旦是“养老树”，这也是真的。如今，楚门文旦名声好，也卖得好价钱，过去几角钱买得一个不在话下，现在却要过秤论斤卖，一斤要一两元；最近又因文旦果肉、果皮试制果脯成功，文旦制作的饮料“文旦粒粒汁”十分可口，更使它身价倍增。

文旦在深秋果熟，累累挂满枝头，像悬着一只只碧绿油亮的灯笼，煞是有趣。主人也总是不无惋惜地挨到霜降后才肯收摘。品尝文旦的最佳时日则在春节，你想想，一只红彤彤的朱漆篮子，一块雪白雪白的帕子，盖着这么一只大文旦，一打开，金黄黄，圆溜溜，看着就让人欢喜不尽了，既是丰收象征，又有祝福意念：顺溜圆满。所以，人们也送给楚门文旦一个雅号：“吉祥果”。

那么，它到底是怎样的果大形美、皮溢芳香？它又到底是怎样的肉糯多汁、清甜可口？这个嘛，可真是难说难述。常言道：百闻不如一见，一见不如一尝。反正我敢说，就是最不爱吃水果的人，只要一尝楚门文旦，准会欲罢不能的。

楚门文旦如此美好，但它在过去又远不如烟台苹果、新疆哈密瓜那样声名显赫。这一来是因为楚门原来交通不甚便利，文旦产量又少，别说国外、省外，就是县里，能常常吃到它的人也不多；二来是因为楚门人太实诚，一向不善宣传。而今当然不一样了，市场经济的东风一吹，故乡人自然也心智大开，文旦被列为要大力发展的经济作物，特别在听说泰国有种在国际市场上很吃香的柚子叫“西施柚”，其果形、味道还不如楚门文旦时，故乡人更是连连顿足了。有人就积极建议楚门文旦应及早改名为玉环柚，持此意见的人当然有理。不是吗？西施、玉环都是中国历史上著名的美女，楚门又隶属玉环县，如果佳果要借重美名传扬，楚门文旦改为玉环柚，那是理所当然的。

叫楚门文旦也好，叫玉环柚也好，反正在连续5年的全国名柚评比中，它都稳获第一，当然都是玉环县的佳果，当然都是玉环人的骄傲，怪不得家乡人每每念叨起来，总是自豪不已，除了中国女排，还没有别个能够拥有“五连冠”的光荣呢！

7年前，我从中原调回浙江，于是，每年春秋时节，我便有机会一睹玉环各地大片种植的文旦林，十亩百亩的不计，光千亩以上的大基地就有：苔山塘、解放塘、人民塘、玉城塘、楚北塘、楚南塘、陈屿塘等七个。如此大面积的文旦林，田连似海，那景致真是要多美有多美！试想想，当果林四周为防风而整整齐齐栽培的一排排木麻黄，都舒腰展枝，推涌着排排绿浪，在你眼前奔腾时；当一个个嫩黄如金的大柚子沉沉下垂，把碧绿的枝丫几乎压弯到地面，而采摘的人毫不费劲地唾手可得，而一箩箩一筐筐文旦果，使每条地垄都垒成了“金字塔”时，那情景岂不教人喜煞吗？更教人欢喜的是这个统计数：迄今为止，全县种植的玉环柚，总面积已达3.1万亩，挂果可收的是1.2万亩，总产量1.4万吨，对于人口约34.3万的小小的玉环县来说，自然是个大数目，每个玉环人都可拥享100斤滚瓜流“金”的玉环柚！

怪不得那时节，楚门镇、玉环县的每条街巷、每个水果摊，摊摊都见文旦堆成的金山，那时节，在镇街上随便走走，光那清醇芬芳的香气，犹似刚出坛的绍兴佳酿一样，熏得你酩酊如醉。

美哉，玉环柚！美哉，楚门文旦！

1993年

正是桑叶青青时

薄如蝉翼的纱裙像飘拂的流云，徐徐舞动的身姿如御清风……啊，好一个袅袅有度的《春蚕》舞，把我带入了如梦的意境。

记忆的帷幕如蝉翼般的纱裙拂动，我的眼前飘浮起一顶绿色的“伞”。呵，我看见了眉嫂，眉嫂在“绿伞”中向我闪着俏甜的笑容……

二十六年前，正是桑叶青青时，眉嫂刚刚过门。闹房时，来看嫁妆的，惊羡的目光中夹着啧啧赞叹声：“好出格哟，红绢帐，绿绢被，全是新娘子自己采桑养蚕得来的！”

小时候我看过许多新娘子，总觉得哪个新娘也没有眉嫂漂亮。嫁到五叔婆家的眉嫂一没坐轿二没吹打，为什么上上下下全夸她？是哩，只因眉嫂不单长得俊俏，而且手上勤、心儿巧，有自己双手织成的绿绢被、红绢帐……

眉嫂一过门，就常常挎只竹篮、提根竹钩子，出现在后园那翠叶如伞的桑树下。她总是伸出那戴着银镯子的手，用竹钩子拨开一顶顶“绿伞”，把躲在树丫杈中的我给“拨”了出来。

“妹子，又偷吃桑葚了！当心吃胀肚子……”

我晃着两脚，抹着嘴皮上的乌汁，连声央告：“别嚷，别让我妈听见！”

眉嫂那浅浅的酒窝旋出一串清脆的笑："好！那你就帮我摘桑叶！"她伸上来那根竹钩，我便像只猴子似的攀上更高的树杈，把叶子最浓密最肥大的树杈，一枝枝地压弯下来，于是，眉嫂那双白皙而灵巧的手，便穿梭似的在"绿伞"下舞动起来……

我记得自己曾怎样屏住气，尾在眉嫂的身后，进了她的蚕房。别看我平日爬树上墙，调皮得一点儿不像个丫头，可对那在团箕上蠕动的蚕，却有点儿害怕。是眉嫂那婉约而俏甜的笑容，使我镇静；是眉嫂那纤巧而温柔地托起一条条蚕宝宝的手，使我渐渐壮了胆。我终于敢伸手触摸了。呵，这绵凉而轻软的小生命，却原来这般娇柔可爱！我想跟眉嫂要几条装在火柴盒里喂喂，眉嫂却怎么也不答应，气得我噘了半天嘴。

我也记得镇上人的赞美声是怎样一直伴随着眉嫂。因为她的勤勉，她的那双巧手，五叔婆家的小矮屋两年后便扩了一间，刷得雪白的粉墙，玻璃窗晶亮晶亮，窗前，垂着一条水红的绢帘……

我过十岁生日的时候，得到了眉嫂的礼物——一件粉红绢衫和一条绿绢裤，我喜欢得连蹦带跳，却不免着急："哎呀，现在天都冷了，你叫我怎么穿呢！"

眉嫂摸着我的毛毛辫，笑着安慰："莫慌嘛，还有来年，来年桑叶青青时……"

二十多年的岁月如行云流水，我一想起小时候穿的粉红绢衫绿绢裤，总要怀念眉嫂。每当我在商场或工艺品公司，看到五光十色的锦缎和灿若云霞的绸绢，总是驻足凝视，或流连忘返，似想从中辨一辨可否是眉嫂亲手抽出的银丝线……

1973 年的仲春，我回乡探亲。家乡小桥流水依旧，家家庭院却无半点绿荫。最令我惊异的是眉嫂——眉嫂已当了婆婆，成了眉婶，虽然不过半百却霜染两鬓，眼神也没了笑意。一看她的后园我便明白了：那七八棵一抱粗的桑树全都成了树墩子！弟弟告诉我，这两年眉婶总是两手抱膝，对着树墩子一坐就是半天……

我竭力宽慰眉婶："别难过，现在人都爱穿化纤的确良，喂蚕、抽丝、织绢，多累人！早晚要……"

"早晚还会有人干！"眉婶的眼睛却跳起了亮亮的火苗。"变天变地，变不了吃饭穿衣！都不种桑养蚕，哪来的真丝被面？要是绸缎不好，外国人还用争着到中国来买？哼，我就不信，未必，就这样……"一向温婉的眉婶竟现出如此激愤的神情，我顿时为自己那言不由衷的"劝慰"脸红了。我正在默思，眉婶却推推我的胳膊肘，一抬头，我看到荒芜的庭院一角，一株指头粗的桑树正绽出三五片娇嫩的绿叶……

去年岁尾，弟弟来了一封长信，兴致勃勃地写了不少喜讯："好政策调动了千军万马，现在，家乡人都在大忙大动，左邻右舍中，动得最欢的要数眉婶。眉婶在忙什么，我不说你也猜得着。她用养蚕卖丝的钱，刚买了个十二英寸的'凯歌'，成了我们镇上第五家有电视机的人。你看神不神？"

这番话真教我神驰天外。哦，我真恨不得马上回去看看眉婶，看看家乡人。想了想，我又决定暂且一忍，是的，最好是春风又绿江南岸的时候回家，最好是等到桑叶青青时……

1981 年

玉 环 有 盐 桂 花 香

我第一次听说：有桂花香味的盐！

一碟如雪的细盐摆在我的面前，我凝视着，端详着，真不相信这是盐！

你看，这洁白透亮的晶体，是那样均匀细碎，就像人们通常最喜欢的绵白糖！绵白糖还有点黏糊呢，它却是利利爽爽的，用小匙儿挑起来徐徐流泻时，只见银光闪烁，翩然出声。

我真不相信这是盐！多年来，在中原吃的都是那种灰不拉叽的常常板结的粗盐，我真不知道，同样是盐，竟可以生产得如此精良出色。

可是，令我瞠目的还在后边呢：出产这种盐的，竟是我故乡的盐场——玉环盐场。

从地图上找它，的确不易，整个玉环县也不过是个芝麻粒，何况这仅仅几十里方圆的地方。可是，东海沿岸有它的位置，它是浙江省第二个大盐场。四千多亩盐滩绵延横卧，听说，荷花出水、金桂飘香的时节，天天堆起的座座盐山，几乎能与有名的贡嘎雪山媲美，太阳越猛“山”越高。

说归说，可我却不太信。这是玩笑，也是夸大。要知道，盐场的所在地是洋坑！嘿，洋坑这地方，我是晓得的——二十多年前，我们一班年轻人在那里洒过青春的热汗。那个叫我们不少女孩子哭肿了眼睛的荒滩啊，有比人还高的扎手的芦苇，有泛满了盐渍的土坡；那一步一陷的泥塘，那低矮得如“山顶洞人”住的泥墙土屋……这地方，哪能办场？

可是，这个小小的盐场，却就在洋坑的最偏远的一角办起来了。二十多年来，它由小到大，越办越好。

一跨上盐场的大堤，我就马上信服了：瞧这像尺子裁出的滩田，横成排，竖成行，一格格一块块，整齐划一。横贯全滩的两条大堤，如长龙锁海，将盐滩隔为了两塘，第一塘拥有盐滩二千六百亩，第二塘拥有盐滩一千七百多亩。待第三条巨龙锁海后，二千八百亩的新盐滩，又将纳入盐场的“版图”。

夏秋是盐业生产的黄金季节，事不凑巧，我去时，却是阴雨绵绵的初春。靠天生产的晒盐，在这样的日子，恐怕是不闲也得闲了。

可是，在玉环盐场，我却亲见了那种“人勤春来早”的热烈气氛，那种由于有条不紊的组织指挥所呈现的一派勃勃生机，那种要在改革的热潮中扎扎实实开创新局面的欢腾景象。

整滩，维修，这种只有在“淡季”进行的工作，不待布置检查，早就成了家常便饭，玉环盐场的职工，有在旺季夺盐的虎劲儿，也有在淡季争盐的诀窍，那各司其职的走水员与结晶员，不论天长短或是阴晴，总似哨兵严守岗位。云一散，天开眼，场部指挥生产的广播刚响，盐滩上早已奔走着人，不亦乐乎。即便是淡季，他们也硬能从云缝中争得一担担雪花盐。

我在如山的盐坨前流连。当我惊叹这盐色是如此纯净、盐味是那样好闻时，手持大锹的装盐工，都朗声笑了："但等七八月间，你来看一看！"

说话间，只见那酱紫色的脸膛所浮现的神色是那样自豪而又自然，口吻是那样天真而又认真，我不能不信服：那时晒的盐，真带桂花香！

是感受太多吧？夜宿盐乡，我竟辗转反侧。夜阑人静，海潮的啸声清晰可闻，白日里只见轻浪拍堤，而今涛声在耳，恰似如歌的行板委婉动听。我不由得想起了晒盐人的过去，那首"晴天无水吃、下雨无路行，挡风遮雨破茅房"的歌谣，便是一幅往昔的真实图画。而今，当工区的工房也早已由平屋逐步改成大楼，当现代化服饰已成为许多人的装扮、当盐场俱乐部也即将破土动工时，盐场的年轻人呵，怎能不以似信非信的神态，嗤笑他们的前辈人这些常挂嘴边的早年旧话？

是的，我不能夸说：玉环盐场一好百好，已经成了人间天堂。说实在的，拿劳动的艰苦、拿对国家的贡献来说，我的这些可敬可爱的故乡人，还在受着不小的委屈哪！

不是吗？这儿文化生活相当贫乏，地僻山又高，即使场部早买了好几台大电视机，但屏幕上却总是"多云"或者"下雨"，那模模糊糊乱晃叠的图像实在令人可气又可恼！职工们盼看戏剧、电影，就像害了相思病。只要附近村里来了个"草台班"，哪怕服装行头七拼八凑，那演员唱得声哑又走调，只要有那一阵锣鼓笙箫，只要有那一点五颜六色，戏台前的盐场职工，总是挤得热热闹闹！

要说委屈，岂止是这些呢？"我们这儿呀，也是一个'被爱情遗忘的角落’！”小伙子们的牢骚也是实情。盐场的女职工少得可怜。我不明白，是盐业生产的劳动强度，使姑娘们望而生畏，还是那种“凤凰总拣高枝落”的风气，使姑娘们总是远走高飞？

前一种“困难”的解决，指日可待。后一种呢？细想想也不艰难。这是宽心话吗？不，不是的，因为我深信：桃李不言，下自成蹊。我更相信，在人生的意义和对人的价值的认识已发生了变化的今天，在这个能晒出香喷喷的桂花盐的地方，我们这些矫健而英雄的“黑勇士”们，何愁得不到慧眼姑娘的青睐？

1983 年

青色咏叹调

一本硬面精装的《玉环县地名志》端端地摆在案前。

紫红的布面，烫金的字，故乡出书好气派！有识之士云：政通人和，修志逢盛世；名正言顺，流惠及后生。故乡人做起这等大事来，格外认真隆重。

扉页中，有各方人士的题词题画，我的献词是：

“山蕴风骨水呈秀姿”。

寥寥八字，实难概括故乡的山和水。

故乡永远是感情的摇篮。作为她的儿女，我是她忠诚的鼓手。她风骨铮铮的山、清流袅袅的河，是一幅刻在我心屏的画图，是一阕永远使我神思飞扬的小夜曲。面对她，我常抱愧不已：即便让我借来马良的神笔，也难以一一描绘；纵使我有教笙箫管笛齐奏的本领，也吟唱不完她的壮丽。

故乡山奇水美，怪不得许多地名，借这奇山美水做足了文章。

故乡在浙东南，因辖地玉环岛得名。玉环岛又称玉环山，《太平寰宇记》载：“上有流水，洁白如玉，因以为名。”玉环山古称榴屿，故又有木榴山、木屐山、木屿、女山、地肺山等种种别称。榴屿何时改名玉环，尚无定论，但《太平寰宇记》成书于北宋初期，可见至迟在那时就已改名玉环。

玉环山美，千山万谷大抵都有一个极出色而又很形象的名字。你听：凤凰山，笔架山，凉帽山，大尖山，炮台山，扫帚山，茅草山，吃水窟山，牛头颈山……即便是山而未称作山的，那名字也别出心裁：筠岗，桃花岭，千家岙，螺丝礁，王九盘，百丈岩头……哦，故乡的山名，真是拣尽了汉字的珠玑，囊括了汉字的风采。

玉环的山是怎样雄健娇美，从这山名便可略知一二，但我还想加上注脚：光这山形娇倒也罢了，玉环山之所以被人称道，我们的状元郎早已一字中的：青。

一点儿不错，玉环的山，美就美在一个“青”字上。

是开天辟地的盘古存心布施，还是炎黄二帝特别青睐？我总以为玉环简直就是上苍刻意安排的一架最有特色的江南盆景，这海陆相间、岛屿星罗棋布的小小一县，虽不及桂林山水名甲天下令人叫绝，虽不似中原大地一马平川坦荡无际，却是大自然地貌构造最丰富的一方丘陵地，造物主挥动多情的巨臂，为这个海岛县设置了有山有水的海塘，最后，将碧色青青的颜料盘，整个儿倾泻在玉环。

远离故乡的年月，我常常梦见故乡的山和水。我梦见故乡的青山，一座座都生了“脚”，梦见故乡的水，一条条都变成飘带，就像被魔法催动的活道具，就像化成了活生生的美人，戴着青青凉帽，披着绿绿蓑衣，佩着长年不凋的黛绿碧翠，带着生命的永恒色彩向我迈来……

哦，我可爱的千姿万态的玉环山，当她在我的梦中整个儿“活”起来时，还没忘了披上一袭如丝如纱的云裳雾裾、一身神秘的氤氲岚霞……

玉环水秀，秀也秀在那个“清字”上。不算那细帘如挂的飞瀑龙湫，不计那涓涓潺流的条条小溪，县境内，叫得出美名的清清河流，大大小小就有十三条。

毋庸我絮絮写出这十三条河名，毋庸我一一历数这些河溪对于农田灌溉的作用。我忘不了的是，滋润我肌体的就是这清清故乡水，我所吮饮的第一份文艺营养，也来自那清流袅袅的小河。那载歌载舞的文工团，那唱尽人间悲欢的草台班，不都是乘了一条条乌篷船、小舢板，从远远的地方，由故乡的小河徐徐漂载来的吗？

于是，儿时的我，在千次百次对着清冽可鉴的龙潭清溪梳理我的羊尾巴小辫时，曾是那样如痴如醉。哦，故乡水不光甘甜，还有灵妙的“仙气”！你看这捻泥竹篙一撑，就能挖上来一担担“乌金”，你看这载人大船一摇，就摇得来满船琴声箫音，摇得来满城满街的欢歌笑语……

哦，故乡的水是那样滋润我的毫管笔端。这些年，但凡抒写故乡人和事，耳畔便传来潺潺响声，眼前便溅起活泼泼的水。凝神遐思之际，我曾大发奇想：远在异国他乡的中华民族儿女，都很热衷带走一抔故乡的土，我呢？当我在赤日炎炎的黄土地上为风沙所苦、为干旱焦虑时，我不但妄想牵过来故乡的一条小河，也渴盼有人能为我寄来哪怕是小小一瓶故乡水！

沧海桑田，世事多变。最近，我忽然惊觉这份久久的痴情，竟要加上一种不尽的遗憾——

哦，故乡的山，风骨长存。故乡的水，却大大变了姿颜：那有名无名的小河，有的愈来愈短，有的愈来愈浅；而那洁白如玉蔚为壮观的山涧溪瀑，竟也渐渐淤塞而非常少见了！是人为的过多掠夺，还是大自然资源的不可抗拒的渐渐匮乏？……无力也无法细究的我，只得把一声长长的深深的叹息，留在了心间。

不，我还应该呼吁：我的勤劳可爱的故乡父老啊，当你们奋发图强改天换地时，当你们重新设计安排新生活的图画时，切莫忘了好好保护故乡这派好山水，切莫忘了我们的故乡，美就美在有风骨长存的青山，更有那缠绕在阡陌纵横中的条条绿腰带！

1992 年

喜得广厦梦亦香

原以为，青山不老水长流，是笃定的道理。于是，我欣欣然地想当然：我的故乡楚门，永远是那样的小镇，那山、那水、那屋、那路，无不呈现着古朴淳厚的格调和永久不变的款式；即便旧有的一切渐渐消失，楚门永远是楚门。

于是，我乐陶陶地叙说楚门给我留下的印象：故乡的房子，除了原先一些财主人家有一所两厢抱厅、前有天井后有园子的深宅大院外，绝大部分平头百姓的小屋，几乎都是清一色的规格和式样。那黑瓦石墙板门木窗，墙石上结着一层青苔，瓦楞上矗着几支瓦松，房子大多有了上百年的历史。远远近近地看，全都一副龙钟模样，石墙和夹在石墙中的梁柱，都欲歪欲斜；多年未漆或者原来就不曾上漆的板门木窗，俱已灰黄难辨，虽有几分寒碜，却仍透着一种简朴的清爽……

“最有特色的还是临河的房子，一爿或两间或三间的小屋，方方正正的。正面是木板排门，直对街路，三面石墙，墙石都直筒筒地筑在水中，远远看去，就像一只只泊了岸的小船。每爿小屋的侧墙，或左或右，总筑出一方小小的石阶。这石阶斜斜地延伸下来，就像船的一支橹篙，直直地插向水中央。那船似的小屋，仿佛全亏了这支橹篙撑着，水浪无惧，稳稳不动。这别致的石屋石阶，就像一幅黑白木刻或水墨画，看上去，特别有味道。”

这些有味道的话里，透着书生的迂气，毋庸细究，谁都会猜出其中的蹊跷。

不是吗？如果小镇的平民百姓世世代代都满足于这幅木刻水墨画，都安居于歪歪斜斜的石墙板门小屋，那么，为何又会生出“伸出眠床，触着灰塘”的怨艾呢？

当小镇的居民，从原先的千把户猛增至五千八百户，人口也一翻再翻时；当小镇五天一集的集市总是挤得水泄不通，电影院散场的人流，每每像洪水决堤汪洋恣漫时，又怎能不喟然长叹：我们的故乡就人口密集度来说，简直够得上“吉尼斯世界之最”！

近几年，百姓的腰包鼓起来以后，无须任何人号召的造新屋的热潮，一浪高过一浪地在故乡汹涌起来。于是，在近几年偶尔回去探亲时，我便益发地“近乡情更怯”，简直怀疑起是否走错地方了！

这哪是昔日的楚门？这哪是只称为小镇的楚门？

矗立在这块山青水绿的土地上的，竟是一座奇异的大“森林”！

这“森林”，虽不见通常的松杉樟竹，虽没有醉人的花香鸟语，但是，坚挺高朗的雄姿，矗出了它的气派，五花八门的样式，显示着它的壮观。这一座座高层大厦组成的楼林，生长得如此迅速，似乎眨眼之间，楚门就整个儿成了一座楼群林立的小城。

这气派壮观的楼林，自最初营造的几幢开始，就像按下了人生奋斗曲的第一组琴键。它的每一个音符，都强烈地拨动着故乡人的心弦。那时人们终日不离的最醉心的话题，便是盖新屋造楼房；那时大街小巷终日轰响的，便是营运造房材料的小拖三轮车；

那时人们朝朝暮暮听得的，便是这头旧房小屋拆得稀里哗啦，那边庆贺三层四层新洋楼落成的鞭炮噼噼啪啪！

在这座大“森林”里漫游，从南门到北门，从东门到西门，你会发现时间在这里呈现着十分神妙的轨迹；几乎无须打听，你就可以揣摸出房主的财力。这些结构高朗、设计新颖的楼房，一幢比一幢样式别致，一幢比一幢气派大方。不惜花大钱绞尽脑汁要赛过别人的房主人，往往只能“各领风骚”一两年。三五年前，钢窗钢门、砸沙墙面、水磨墙裙，还算蛮有派头；如今，真正有“噱头”的人家，却来个铝合金门窗，贴墙全用马赛克的别墅式装潢，马赛克还嫌不漂亮不过瘾的，则用最华贵的高级彩釉砖！

我想提醒的是：听了我的这番介绍，你可别像我当初那样想当然——楼房愈有派头的主人，身份职务就愈高。如果按这样的公式推算，那就大错而特错啦！沿着北门河、南门河矗起的两片遥遥相对的楼林，有两幢最令人叹为观止的别墅式楼房。它们的主人，一个是寻常人不足挂齿的“臭皮匠”，一个是曾被大家讥为“生了五个讨饭囡”的晒盐佬。皮匠发家的绝招，当然不单单是做皮匠；而晒盐佬的能耐，也全在于后来干上了乡镇企业，是个跑遍天下的供销员。

哦，我无须细细描摹这一幢幢楼房的规模和气派。我生怕在自己土气十足的笔下，一不小心，就会闹出“陈奂生”或者“刘姥姥”的笑话。不止一个满心惬意的小楼主对我说过：“住在这完完全全属于自己的、连过去的皇帝也没福分住过的高楼广厦中，真是舒坦得连做出的梦都还带着香味呢！”

1991 年

留下一条石板巷

前些年，每从中原返归，一座座大桥小桥，就像环环相扣的长练，串起了我的归程。

南京长江大桥、钱塘江大桥、临江大桥、黄岩大桥，最后，走过玉环县楚门镇的小桥——三眼斗门桥时，才算真正回到了故乡。

三眼斗门桥，原是故乡早年护城河上的一座小桥，而今，城墙城门自然荡然无迹，变窄变短了的河道尚且还在，因此，这座小桥也就留存至今。只是，如今看来，这窄窄的小小的桥，短得那么滑稽，简直不像座桥。不是吗？一步两步，至多三大步就能跨完的桥，还能叫桥？哦，历史的陈迹往往如此，不管以往功用如何之大，在今人眼里，在现代文明之光的映照下，常常只落得小脚绣鞋、瓜皮小帽般的可笑复可叹。

三眼斗门桥虽小，毕竟是故乡的进门桥。我永远记得，从小桥那一端起，从踏上小桥那端联结的一方小小的皱了脸面的青石板开始，才算真正踏进了楚门的街巷。

楚门是很有特色的水乡小镇。纵横交叉的小河，一向是它不可或缺的水路，于是，船作靴鞋桨作杖，便是她的第一样特色。

第二样特色，便是以许多条石板巷网连的街。

从地域看，楚门镇像一只鼓鼓的绿豆荚，这鼓鼓的绿豆荚，被一条规整的十字街分成了四大块：东门、西门、南门、北门（从前叫作“村”，现在叫作“居”）。而用一方方一块块石头、石板筑成的这条十字街，便是楚门的中心商业区。

以往，不光十字街，楚门所有的大小街路，几乎也都由一块块石头一方方石板铺筑而成。这些街路，有的长，有的短，有的平直，有的弯曲，不管长短曲直，路石总被踏磨得十分滑溜，一到下雨时日，少不了会有老人孩子摔跤，虽然如此，在赶集的乡下人眼里，却比山头海角的烂泥路强了一百倍。

挡不住年深月久，石板街路越来越老，石头碎裂了，石板松动了，挑重担拉板车的踏过去，小巷便老远地传出一声声摇动的响声，那声音闷闷地轰轰隆隆一路响过去，虽算不得地动山摇，却响出了挑担拉车的男子汉们沉重的负荷。

故乡最早渗入我记忆深处的印象之一，就是这一条条石板巷；故乡最早使我产生有趣可亲又可怖可叹感觉的，也是这些石板巷。

有趣、可亲的是白天。当我童年和伙伴奔逐嬉戏于小巷中时，脚下的石板路于我们便是亲切又熟悉的乐园，我们像灵活的小鱼，穿梭于这四下贯通的条条小巷，也总记得住巷路中每块石板的形状：那块是全青的，那块是灰白的；这块方方正正像切下的一片豆腐片；这块鼓鼓突突活像戏台奸臣的那张大白脸；这块有着美丽的细碎如花的纹路；这块则有着害人的“暗道机关”——不小心踏翻了它，磕碎门牙、跌落阴沟的险情，也常常发生。

最有趣的，是婚丧嫁娶热闹事的时候，重礼仪的故乡人，极愿在红白喜事上讲排场。送人情、请客摆宴自然少不了，结婚要笙箫管笛齐奏不必说，就连送丧也同样得吹吹打打、热热闹闹的。按理说，这两列队伍从感情到内容完全相悖，但行进路线却完全相同——都要按算命先生择好的“吉道”，或穿四门，或绕几条巷几个角，在小镇的街路上风风光光地走上一圈。于是，这便分外热闹了小镇。即使有着纵横交叉的街巷，却总也没有落闲的时候，三天两头，这条街，那条巷，总会响起一阵阵鼓乐，总会忽然汹涌出一支或是着红挂绿欢天喜地的嫁娶队伍，或是披麻戴孝哭天号地的送丧人马。而小巷的两厢，那密匝匝的一家挨一家的院墙门口，则马上站满了专门望这种热闹的东邻西舍，他们的表情也跟着或喜或悲，一边望热闹，一边指指点点，品评着“主办人家”的同时，也品评人生。因为，婚丧大事，是最能显现主办者的人缘、财力和社会地位的。

无可讳言，从小感染了这一习俗的我，也是热情高涨的看客之一。那时候，我一边兴致浓浓地观看，一边总要没来由地担忧，忧虑这小巷实在太狭窄，担心这凹凸不平四处晃动的石板，会禁不住太多人马的碾轧而突然坍塌陷落。

深深的石板巷，在那个年月里，浓缩着贫穷和苦难，巷中不规整的石板路，映射着人间的沧桑！

斗转星移，当我从深深的小巷走出，奔赴我的人生旅程时，我对故乡对窄窄小小的石板巷是那样情重意深，离去时，一步一回头，回应我的小巷，依然响着单调而略显空洞的回声。

阔别经年再归故里，蓦然惊见的是故乡的大街小路全变了样！从十字街拓宽延伸的南兴街，商店毗连，成了名副其实的商业中心，宽荡荡的大马路，一直延伸到汽车站；联结十字街的许多石板小巷也大多消失，它们或是重铺了一色的砖石，或是统统浇了水泥，垫高的也有，改道裁弯的也有，总之，平展了许多，但是，与此相应的，从前那种这头一走路那头就能传过来特殊的回声音韵，却是一些些也没有了。

汰旧换新，是事物发展的规律，难道是我恋旧的观念太深？一边虽是为这变化欢欣，一边却怅怅地似有所失。

我心犹未甘地穿行在小镇所有的街巷，痴痴地寻觅着，果然，果然还在这里那里发现了一两截短短的石板巷。

不由得好一阵惊喜。

惊喜之余，却又心有微悸，我怕要不了三五年，它们同样会消失，乃至荡然无存。

石板巷虽小，也是历史，应该让它留着，应该留存，哪怕只是一条，哪怕只是一截。

1992 年

让我再回到童年

“偶然画到江南竹，便想春风燕笋多。”

郑板桥的这两句题画小诗，很是我在河南那些年的内心写照。由春风燕笋联翩想来，我常常忆起故乡楚门的一些习俗，一些深深印在我脑海中的韵味很足的习俗。

嵯峨青黛的玉环山，河海相接的玉环水，哺育了玉环人的子子孙孙。玉环在新石器时期就有人类活动踪迹，这块沉积着厚重历史的土地，滋生了丰富的文化，我生长的楚门，在物产的丰富性和各种习俗的风采上，乃为全县之首。

每忆及此，我便大有回到童年的痴想，因了这种痴想，所存的记忆又分外真切而鲜活。

一是“谢年”。

谢年就是“祝福”。是一年中最隆重的祭祀典礼，富贵人家自不必说，即使是清贫人家，也有“摆两根清水糕也要谢年”的心意。

我记得，谢年时，大都自备或借一张朱漆八仙桌，把所备供品一一摆开，那供品，自然是为过年购置的鸡鸭鱼肉：鸡鸭要整只，鱼要鲜活，最好是活蹦乱跳的大鲫鱼。一盘象征“山珍”的金针木耳也不可少，主食是前几日做年糕时特意做好的形似宝塔的一对“糕头”。其中最庞大最隆重的供品，就是被称作“福礼”的一只烫熟的大猪头。所以，“买个猪头谢年”，成了那时所有人家的愿望。

谢年的时间并不划一，从黄昏天断黑直到半夜，直至大年初一的黎明。早早晚晚均由各家自己选定。谢年时，红烛高烧，鞭炮大作，噼噼啪啪声中，还会有几声很震耳的“天地两响”。热闹声中，一家之主首先跪在拜榻前，念念有词地合手祝祷，祝祷完后叫过一家大小，依次跪拜行礼，算是全家都得了老天爷的祝福。

谢年是一项很被家乡人重视的祝祷活动，供桌前方，两支燃得通红的大油烛，又很有过大年的隆重。大人们在祝祷时，绝不许孩子随便嬉笑或胡言乱语，这一来，更添了一种庄重而神秘的气氛。幸而谢年过后，接踵而来的一件事，便是长辈们给小辈们分“压岁钱”，这时，气氛大变，房院间立刻响彻快乐而喧闹的童音，过年的气氛越发浓郁了。

小时候我和所有的孩子一样，那么盼望谢年，一是过年是从谢年开始的，二是谢年过后有“压岁钱”。

我想起了五六岁那年的一件趣事。

姐姐帮母亲把一只只朱漆木盘放到八仙桌上，盘里的菜肴散发着热腾腾的香气，那香气实在太诱人了，姐姐顺手抓了只炸虾往嘴里塞，大概是防我告密，立刻又抓了一只往我嘴里塞。

这虾真香！咽进肚子后，我们才想起母亲的警告：“谢年上供的菜不能偷吃，吃了要掉牙！”

但我们没勇气向母亲坦白，只是惴惴不安地等待老天爷的惩罚。吃年夜饭时，姐姐偏偏掉了一颗牙！我们面面相觑，姐姐张着出血的嘴，哇哇大哭，这一来，我和姐姐只好“自首”了。

“别哭，记住，下次不能吃，再吃就长虎牙了！”母亲皱眉一笑，轻声安慰道。情况显然没原先设想的那般严重，我们这才稍稍放心。

谢年的鞭炮声此起彼伏，会一直持续响至黎明。因此，当我在迷糊的睡梦中被惊醒时，总觉得天地间到处都是鞭炮的热火火的香味，甚至熏得整个房间和裹着的被窝，也有这种热香。

这真是过年才有的热香。

谢年的习俗在前些年，特别是“文革”的十年中，被禁止了。但是，人心是禁不住的，正如文化不能被断然阻隔一样。这几年，家乡人又非常热衷于谢年了。日子富裕的人家，比赛似的，谁家鞭炮买得多，谁家猪头买得大，也许跪拜不再像从前那样虔诚，但是，摆上一桌丰盛的供品，如今却家家都办得到。于是，像是为了弥补前些年的疏漏似的，如今，楚门人的谢年谢得加倍地热闹。

二是点“间间亮”。

正月十五，传说是“天官”诞辰。不知为什么，楚门又派生出另一项习俗：除了在四四方方的天井中插一圈为“地藏王”祈祷的线香外，还要点“间间亮”。

天官在哪里？地藏王在何方？这都是无人能解的谜。而点“间间亮”，无非也是百姓对来年丰衣足食的祈求。

点“间间亮”的仪式很简单，却又十分美妙。

点“间间亮”的人家，常常预备数十支小指头粗细的小红烛，插这红烛，并不需要讲究的锡烛台；在一块切好的番薯圆片上，插一根铁钉便成了很现成的烛台。

天快黑时，天井中的那圈线香点好了，在天井的四角，各压上一盏这种插着小红烛的烛台。接着，这种小烛台，又一一分布在家家户户的每扇门后、每个房间的角落，甚至连厨房的米缸、放衣的橱柜都一一放置。这一来，一条长街便见家家烛火明亮，如果是雪天，那么，在白雪地面的映照下，更显得美丽异常。

说实在的，家乡最引人遐想的习俗便是点“间间亮”。小时候，对着这一圈星星点点的香火，对着这一支支明亮的小红烛，我总觉得分外甜蜜又分外振奋，那香火，那烛光，呈现出一派美丽而朦胧的诗意。

据我所知，如今，家乡一带早就没人点“间间亮”了。大概，在电灯大放光芒的今天，人人都懒得再去费这一番心思。人类文明总是向现代化迈进的，可是，痴心的我又想：点“间间亮”并不破费，在有兴致时何不一试呢？否则，这古老而诗意的习俗，岂不从此湮没无闻了吗？

我真想让我的孩子们回乡下去过一次元宵节，我好为他们点一次“间间亮”！我真希望自己能回到童年，郑重其事地再点一次“间间亮”！

三是“做月节”。

有人云：饮食也是一种文化。我们楚门人是很会吃很讲究吃的，可见饮食文化之丰富。

楚门人一年到头，除了过年那几天理所当然地尽情吃喝外，还有很多以吃为主要内容的“月节”。月节的日脚，自然是按阴历推算的。

从正月开始，正月半、二月二、三月清明（这是个时间很长的节次，人们可全凭自家祭扫祖墓的需要，选择一月中的任何一天，故有“清明长长节，做到端午歇”之说），五月端午，七月半，八月十六，九月九，冬至，大年三十……算来大家共庆的月节有九种之多。至于为自家的婚丧嫁娶或庆寿或贺得子添孙做的喜酒、寿酒、满月酒、做周酒、百岁酒……则更是五花八门，不一而足。

只要年景好，生活宽裕，人们自然可以找出各种理由好吃好喝，我惊异于家乡人们“做月节”的方式，是那样顺理成章和根深蒂固，因此，现在也没有多大改变。

正月半元宵节的吃食是不用太破费的，大都是过年剩余物资的一次清理和扫荡。上桌的无非是几碗荤素菜肴，再加年糕、粽子、元宵之类的主食。正月半引逗大家兴趣的是舞龙灯，有些年，兴致高的人们，初三晚上就舞起了龙灯，到元宵节再闹一回，算是收场。

二月二龙抬头，大部分人家“烫糕头”。所谓“烫糕头”，便是把谢年谢过的那对宝塔状的年糕头拿出来，切成筷头粗细的细条，然后烧一锅放了肉丝、鱼鲞、虾儿、青菜等食材的汤，把切好的年糕条放进去一滚就成；也有的人家偏爱吃“芥菜饭”，说是吃了这种放了肉块和芥菜做成的米饭，不生疥疮疖疤。这当然是无稽之谈，但此时正是芥菜鲜嫩之时，用这种有特殊香味的芥菜煮饭尝鲜，自然别有风味。

三月清明节，则要做一种糯米粉做的大团子。因为在粉中揉上了青蒿或地梅叶子，整个团子便青绿莹亮很是悦目，上海人叫

“青团”，楚门则更有一个别致的名字：青掩。为何用这一“掩”字？我未专门考察，据猜想可能是“掩”住了里边的馅儿而得名吧。

楚门人蒸青掩，做法特殊，讲究的人家，蒸好后的青掩，一只一只全放在一片片剪好的文旦叶子上，求其柚树叶的清香气。青掩十分糯甜可口，且色香味俱佳，实在是家乡很别致的食品。

我在杭州也买过“青团”，吃了一只便不想吃第二只了，因为里边是稀糊糊的糖馅，而不是楚门做的又香又甜的赤豆沙馅；那皮子，虽也是绿的，却并非家乡人货真价实的用青蒿或地梅所揉，而是用了青菜汁或食用色素，品味自然就差远了。

我不厌其详地说及这青掩及其可爱的绿色，是因为实在钦佩家乡人这绝顶聪明的发现：青蒿和地梅，都是极不起眼的野生小草叶，是什么人首先悟出来这东西能食用而且采用了如此精妙的制法呢？

与此异曲同工的是，用苎麻的嫩叶子揉粉，也可达到绿莹莹又香喷喷的效果，不过，苎麻叶只能用来揉在面粉中做麦饼用。五月端午是个大节，别地乡俗是包粽子，楚门却家家户户做麦饼。麦饼有两种，一是用面糊在鏊锅上摊出来的薄如纸的“吸饼”，上海一带叫“春卷皮子”；二是用面粉掺了煮过的苎麻叶子揉成软硬适中的面团，然后用一截短短的易于手握的竹筒或木棍（楚门叫“麦饼卷”），擀出一张张滚圆的淡绿色的薄饼，这薄饼在热锅上一张张贴出来时，原先的淡绿色又成了翠绿色，煞是好看。而且也有股特殊的草香味。

北方人吃煎饼，一根大葱蘸酱就行了，若是有盘炒鸡蛋一裹，便吃得满嘴滋味。楚门人吃麦饼，所裹的荤素菜肴，起码要弄上十来碗，配备齐全的各色小菜，加上海边小镇特有的海鲜，一桌配裹麦饼的菜肴，真算得是“十样锦”。

家乡的男女老少，十有八九爱吃麦饼，我也很喜欢，而且主要是喜欢吃麦饼和做麦饼时的那种氛围。炒菜肴时香气四溢，品尝时团团围坐，人人动手全家忙。

以往过端午节，不少人家在门口挂菖蒲剑避邪，在庭院洒雄黄酒消毒，大人们要喝雄黄酒，还要给孩子们的鼻头、眼睛、脑门儿涂上一星星雄黄以杀虫解毒，而后还要炒上一锅洒上雄黄的蚕豆，让孩子们嚼得满街山响，现在，挂菖蒲剑被认为是无意义的迷信行为，不复有人再做；雄黄经了解是含砷的有毒物品，也无人问津了。这两样东西的消失，我觉得没什么，令我惋惜的是不见了那些巧夺天工的香袋。

小巧玲珑的香袋，实在是件充满诗情和幽思的工艺品。不是吗？潇湘馆主林黛玉，为了那只香袋，曾与宝玉生过多少怨嗔？小小一只香袋，制作人完全可以凭自己的心裁施展巧艺、寄托情思，我见家乡人总爱用各色绸缎绣制出模拟的各种小动物，另外，还用硬纸扎出或六角或八角壳子，再用红绿丝线缠出各种图案花纹，也是很好看的。小时候，母亲曾为我精心制作了兔、狗、猫、虎四只小香袋，这四个玲珑可爱的香袋，在我脖子上挂了好一阵，又在我的蚊帐四角悬挂了好些年，蒙眬欲睡或清晨钻出被窝时，我总要望一眼，这四只小小的香袋所唤起的温馨滋味，至今难以忘怀。

如今，楚门的女人们，再难有心思做香袋。我想，她们不是不会，而是没空，她们一个个在镇办工厂企业挣大钱，没心思做这种小玩意儿，也许若干年后，香袋将在我的故乡永远地消失了……不知怎的，一想及此，我竟有点怅然不已。

哦，我真想再回到童年，再挂几只玲珑有趣的香袋！

再接着说“做月节”。

七月半这个“鬼节”也是个大节，吃食和端午节相似，主食也常常是麦饼，还多了一种叫“糕干坯”的粉食。所不同的是，端午这顿大餐备在中午，而七月半则是晚餐，而且都得备上香烛，满满一桌菜肴敬过作古的先辈和鬼神后，才能全家共享。

中秋节，楚门人一般在八月十六过，随意烧几样荤素菜肴，也不做什么粉食，买几盒月饼尝鲜就是。

九月九重阳节，过的人家也是少数，磨了新米蒸几笼浇成九层的又凉又软的米糕，叫作“九层糕”，无非是尝尝新粳米的清香而已。而“九层糕”之所以要浇成九层，大概就和九月九的“九”字有关。

再就是冬至，冬至几乎和端午一样隆重，冬至家家也做麦饼，蒸糯甜的“冬至圆”，即大团子。不过，因为此时地头已没有了青蒿或地梅，所以，“冬至圆”便是雪白的团子。这团子并不是圆圆的一团，巧手的主妇在收口时，总要捏出一点尖尖的“嘴”，散散排在蒸屉上，真像水上游着一群小白鹅。也有人喜欢花样翻新，团子捏成后，滚上一层浸泡过的糯米再蒸，这就有了新名字：米滚。米滚比“冬至圆”多了点意思，各地大饭店宴席上的“蓑衣丸子”，想必就是受此启发而来的吧？

冬至过后，恐怕就是全国上下家家为之精心操办的团圆饭——年夜饭了。自然也是七大盘八大碗，体面得能压断桌脚。

对此，楚门又有个颇有书卷气的名字：了年。吃完这餐丰盛的“了年”后，又要煮一大锅过年饭，留到“明年”——第二天吃，以示有余粮剩饭，以祝年年丰衣足食。

小时候，不止一次陪母亲煮过年饭。母亲自然无须我动手，我能做的，就是紧挨着她坐在那条窄长的灶凳上，看着她烧。那锅饭，由于精心量过米与水的比例，精心掌握火候，总是煮得格外松软、格外香。

我永远忘不了母亲在煮年夜饭时的虔诚和专注，灶膛毕毕剥剥的柴火映亮了她的脸庞，那样慈祥，那样生动。

乡俗和亲情永远是感情的摇篮！哦！我多想回到故乡，从头到脚过一年，末了，再陪母亲煮一次香喷喷的过年饭！

1987 年

东 极 的 海 味

从头认识浙江，是我回归故乡后的一大心愿。从头认识，说来轻巧，却非旦夕之事。我以往熟悉的，仅限浙南一带，浙西、浙北、浙东，因为很少涉足，自然越发念念不已。魂牵梦绕时，只觉暖风里似有奇特的芬芳，只觉彼处的尘泥，也飘来阵阵幽香，时时向我作热切的召唤。

我时刻期待摇出我的小船。

近日，正巧浙江省文化界人士为筹办戏曲节下乡巡看节目，我得以结伴同行，去的地点恰是我为之向往的舟山。

印尼是千岛之国，舟山是千岛之郡，浙江省共有 2100 多个岛屿，舟山就占了四分之一以上。到鱼盐之乡的舟山，自有别处难比的情趣，到群岛拥簇的舟山，首先能饱览舟楫为路的风光。

鱼盐之利，显而易见；行船作路，却不尽方便。从杭州去舟山，先坐车到宁波，再坐船去定海，再坐车至沈家门。我们此行还要去嵊泗，还得从沈家门再坐船——这几上几下的车船，真够人坐得了。

几上几下虽繁难，却有趣。行路就是这样，黄回绿转，车船交替，才让人更有探寻的意趣。东去舟山，越往“深”处走，越增一层海味。

我说的这“海味”，并非单指殷勤好客的舟山人端上的满桌鱼虾蛤贝，更是指舟山特有的凉风和爽气、舟山特有的那股人情味儿。

夜宿沈家门，我一点儿不觉得是“异乡”。那微微带着咸腥味的凉爽空气，那喜欢在晚饭后逛大街的一群群花枝招展的年轻人，那一有戏班子演出，便熙熙攘攘座无虚席的热闹景况，都太像我的家乡楚门了。

哦，沈家门——楚门，相同的岂止是一个字？这个“门”字，形象地道出了它是鱼米的集散之地、海角的繁荣之乡。在沈家门，你立刻就觉出了生活的欢悦和热烈，生活的节奏好像在这里越发加快了。

黎明，人们还在熟睡中，从海鲜市场爆起的叫卖声，就像热烈的紧锣密鼓，早早催醒了挎菜篮的主妇。也许喜静的人们会以为太吵闹，我却特别喜闻这种高分贝的“市声”，特别愿看这种生动的景象。你看，这一担担鱼虾蟹贝，鲜灵活水，每一箩，每一筐，都闪着大海的光和色，远远闻，鲜腥逼人，近近看，眼花缭乱，品种繁多，除了鲜的，还有干的、腌的。这个海鲜市场，真有大海般的丰富内蕴，沈家门的人哟，美美地歆享着大海赐予的福分。

另一重福分，也是中原少有的呢。偌大的沈家门，在炎炎盛夏中竟没有一只蚊子，难怪沈家门人自豪地宣称：它是全国第一个无蚊镇！

如果说，沈家门掀开的仅是海岛面貌之一角的话，到了嵊泗，就端的是海的世界、岛的景象了。

从沈家门出发，坐了七八个钟头的船，真以为大海就这么无边无沿，真以为海那边再也不会有什么陆地了……就在你张望得颈脖酸软时，嵊泗出现了。小巧的嵊泗，原来是岛中之岛，小小的嵊泗，原来是万顷大海中的一个碧玉盘。

到达的当晚，正遇台风。大风飘摇中，越发体会了“东极”的海味。“东极”，是嵊泗人为家乡起的别名。这名字固然有掠爱之意，因为最东面的该是中街山列岛。但若将“东极”看作一个大外延的概称，则也能包括嵊泗。浙江的区域，从菜园镇再往东，就是汪洋一片，再无别的县府。也许，正因为已到“极”处，它的海味，才这样肆意，这样浓烈。

海面台风大作，岛上一片静穆，那么幽凉，那么爽气。睡到半夜，得加盖毯子才行。在大火炉中“烘”苦了的杭州人，哪里体会得到嵊泗的美气呢。

翌日一早，虽然暗云浓重，但参观码头海港，却是我们最热衷的项目。车子向山头进发，忽地大雨如注，风狂如吼，狂风猛雨中看海港，更觉得这儿的每一块礁岩，都如此险峻，每一处海湾，都如此浩荡，嵊泗是如此雄奇峭拔，那么“海上仙山”一词，指的是何处的轻盈飘逸？

却原来，海滨浴场就有着仙境般的风光。

台风刚刚过境，凉意深浓，远处的大海还是浊浪千层。可到了海滩，万顷怒涛却都化作了柔和的细波，轻荡微漾；湿软的沙滩，广阔地铺展，海滩的不远处，如笋的礁岩，像一位位秀美的女郎，亭亭玉立地扬起纤手，把滩上的游人召唤。

哦，怪不得人称它“南戴河”，它果然比普陀的百步沙、千步沙，还要惬意，还要妩媚。

从山头往下望，县城里鳞次栉比的全是新楼房，而且绝大多数是居民自盖的。到菜园镇郊参观，那儿正大兴土木，三层四层的小楼，一幢比一幢讲究、漂亮，实在是居住得紧挤的城里人难以企及的哩。

嵊泗的海鲜也非同一般，石斑鱼在嵊泗的餐馆和鱼货市场上大可得见，这种珍贵海鲜，是最佳的出口品，鲜活卖往香港，价钱十分可观。也许正因为石斑鱼、金钩虾米等珍贵海货的出产，才迅速饱满了嵊泗渔民的钱袋。

嵊泗景美物茂，人情格外美——在基湖大队，我们参观了一所规模相当的敬老院。院中住着全大队的 8 位孤寡老人， 2 人一室，一切物具都是新簇簇的。老人除享受免费膳宿外，医疗也由大队全包，每人每月还有 5 元零花钱。

能提供这些优惠，当然先得富裕。这个大队靠农渔工并举致富，富裕了，首先想的又是兴办敬老院这样的公益事业。基湖大队在这里所透示的，是海边人讲究的最浓重的人情味，所发扬的，是中华民族尊敬赡养老人的美德。

我一向好奇，在大家参观完毕准备离开敬老院时，又独自绕到厨房里去看看。厨房也是一间敞亮的屋子，专门负责照料老人起居的两位炊事员，正在忙着做午餐。两位闲着无事的老太在一旁帮忙。小桌上，一大盘碧绿的嫩蔬，已经炒好，一个钵里盛着满满的刚烫好的蔬菜，而另一个大海碗里，已漂着一二十个鸡蛋。看来，是要做一大锅蛋汤了。

我本想问点儿什么，却觉着什么也不用问了。桌旁这两位老太的笑容，桌上那满盘的好菜，都已浓浓地飘散着我所称羡的鲜味——那股东极才有的海味。

1987 年

秋 行 浙 南

一辆吱吱嘎嘎的破客车，一艘颠颠簸簸的小轮船，既有山道堵车的险情，又有逆水晕船的苦况，能适应这种日夜兼程、车船交替的行程，是我一向为之自豪的采访形式，此次独行浙南，我又一次体味了这种不需要安排自在来去的独有魅力。

自开“南风窗”以来，中国有两个城市常挂人们嘴边，一是深圳，一是温州。

我是深圳的匆匆过客。两年前，曾在秀美如画的麒麟山脚西丽湖畔流连了二十余天，对这个巍然崛起的新城，虽有五花八门的印象，却无说东道西的资格。至今，唯有美好的祝愿常留心间。

但对温州，就不然了。

我的故乡玉环县，一度归属温州地区，从“放大”了的范围讲，我们都可算是温州人，而且，玉环人约有四分之一通讲乐清——温州话，我的出生地楚门镇，更和温州一水相连，坐一夜篷船便可到达，在未识得偌大世界前，温州是楚门人最为向往、在心理上也最为贴近的大都会。

我最早识得温州，是四十二年前。在温州一中上学的哥哥带回来一只粉红嫩绿的大苹果，这只在当时故乡极为罕见的佳果，被母亲切成四瓣，由我们四个兄妹分享，我极仔细地一小口一小口嚼吃所得的一瓣。从此，一想温州，便涌上一股脆甜的滋味和粉红嫩绿的记忆。

想归想，忆归忆，一晃三十年，我却少有机会到温州。1973年年底，我到故乡探亲回归工作地河南时，因坐轮船便宜，且可容得携女抱子，遂决定从水路走，先从故乡坐小轮船到温州。

小轮船毕竟比过去的篷船快当得多，五个钟头倏忽过去，黄昏将临时，便听见船上船下一片欢呼：到了，到了！

我顾不得细看船头景致，只在上岸的一刻，才见这潺潺而流的瓯江及矗立着的江心寺。瓯江水既不蓝也不黄，灰灰的透着些微白．它到底是海是江？心中也恍惚，唯觉暮色中的江心寺，在江中矗得十分显眼，那时没见过大世面，便觉得很有几分巍然，随即又想起了关于它的一首小诗：

乱流趋正绝，孤屿媚中川，
云日相辉映，空水共澄鲜。

这是谁题的，我无闲心考究；到底怎样的绝与媚，更无余暇赏玩。作为只住一夜便要转道上海的过客，我对温州如何模样，依然难说究竟。粉红嫩绿的感觉，自然是没有了，所多印象的，便是岸边那些灰色的房子和那江同样灰灰而透着些微白的水。

此后，便又绝了踪迹，不过，心里却像记挂一位故友一样，常常想起温州。

如今，伴随着桥头的“纽扣市场”、柳市的“电器王国”、龙港的“新兴农民城”的接连崛起，温州周围的大小市镇也一一放出耀眼的光芒，一时间，这个浙江最南端的小城开始日益热闹起来，难以计数的参观团访问团，使全市的宾馆、饭店、小客栈，个个爆满，特别是一批批中央领导同志和著名的经济学家相继光临温州视察以后，温州在中国最有影响的大报中出现了最高的“频率”；有关温州的报告文学，真是可以车载斗量，“温州模式”，作为改革大潮中毋庸置疑的定论式口号，传播得最迅速、最响亮……

频传的新闻快讯，让我惊喜交加，不愿赶浪头凑热潮的秉性，却又教我把重访温州的计划，一而再再而三地拖延下去，就像上街不愿去挤最繁华的马路一样，我只想等这股狂热的人流稍稍“疏散”开后，再独行慢走。

我还觉得，诸多报道多是描绘温州经济战线的群英谱，却好像少有篇章涉及温州如今的文化现象和文化动态，也许因为职业和名字都和“文”沾了边，所以就神差鬼使地分外关注这带了“文”字的“文化”。

哦，文化，文化，写着写着连我自己都迷惘了：何谓文化？

这话问得有点笨。

辞书上有关“文化”一词的解释有一百出头的字，倘若抄录在此，恐怕也还是笨。

据说，前一阵在讨论各地兴起的“文化热”时，文化界有位知名人士曾这样戏答过：何谓文化？简言以蔽之：就是吃喝拉撒睡，还有其他……

好极了，岂止是“简言”？简直是俏语妙语！

我马上就悟出来：原来，我最想了解温州的，就是人们平常的吃喝拉撒睡，我最想知道的，还有这无限无尽的“其他”……

去温州，经乐清，走雁荡，绝不算远兜远转。

柳市就在乐清—温州的中间，雁荡就在乐清县境。二十八年前，我去过雁荡，对它峭岩险石、穹崖巨谷的印象，记忆颇深，雁荡山脚芙蓉镇一条条白玉似的溪水和灵峰观音洞口的一线天，都曾在我的梦境中闪烁过无数光波。雁荡是浙南的海上名山，古往今来的文人墨客，早溯南北朝永嘉太守谢灵运，南宋廷对第一状元王十朋，晚至近代的康有为、蔡元培，直到现代的郭沫若、邓拓，都为这个“寰中绝胜”咏过无数诗篇，近年掀起旅游热，雁荡更是行旅频繁，就连我们玉环等地，家中凡来远客，也都把邀约去雁荡一游，当作待客的“压轴戏”。

去温州能绕一绕山奇水秀的雁荡，领略领略悬崖叠嶂、飞瀑流泉的美景，岂不也是一桩称心快意事？

谁知一出门，便碰上了“肠梗阻”。

坐的是夜行车，行至新昌县境的“回字岭”时，便被前前后后数不清的大小货车堵了个严严实实。

天黑山峻，这儿是悬崖险谷，谁也不敢乱动弹，唯有零乱的车灯，照出满车的烦躁，习以为常的司机，索性伏在方向盘上安然入睡，无可奈何的旅客，便忍不住怨声连连，如今无论何时何地，怨言和牢骚最有传染性，一声出口，满车接应，全都有牢骚火气，全都是委屈不平，从行路难开说，说到车子、房子、菜篮子，直说到原来不值一提的火柴、肥皂、洗衣粉，每一种物品的供应和价格状况，都可以叫芸芸众生愤愤不已。说归说，愤归愤，谁也治不了眼前这最为迫切的“肠梗阻”，不过一说话，倒可以消减被困的烦闷，整整苦等三个钟头后，车子总算松动。

眼睁睁熬了一夜，黎明时正要昏昏欲睡，忽听一声：“到了，到了！”

揉着僵直的腿下了车，天，这就是雁荡？

哦，哪有当年的水？只见一条干涸多日的溪滩弯弯横陈，大大小小的鹅卵石，都像晒久的盐块煞白煞白。我呆了，操着一口本地话欲问究竟，一位六十多岁的老倌子颇为疑惑地盯着我说：“亏你还是本地人，怎不晓得不下雨就无水的道理？这溪水，要下大雨才有呢！”

哦，要下大雨才有，那么，原来的水呢？原来那一溪清澈见底、如珠如玉的碧水呢？

哦，哪像当年的雁荡？雁荡素来清寂空旷，无街无路，三两村舍傍山脚，野草铺径到门前。可如今，街是街，路是路，像样的街路上，很有几家像样的百货店，毗连的房子，都是新崭崭的砖墙瓦屋不说，且多见拔地三五层的楼房，而那座飞檐翘角花墙曲折的“芙蓉宾馆”，简直就像苏州西园！

哦，哪是当年的人？从前的雁荡，人丁稀落，山民村夫，多靠一块薄地种番薯充饥，间或做石匠抬轿子为生，走个十里八里难碰见几个人。可如今，满街市声满街人，熙熙攘攘热闹得猛，一爿爿为游客而设的工艺品小店、饮食摊鳞次栉比，一辆辆极简易的交通工具三轮卡，就像大城市的“招手即上”的车子，噪声震天、来去飞快地在山间公路猛窜！

变化是意料中的，但变得太多了，变得雁荡山已经不像山，而是又一个什么城市的旅游点了。

哦，只有山还是当年的山，永远也不老，永远这样青翠，蓝天明媚，白云如絮。晨光中走进这葱茏的峡谷，一举目便见山的雄姿，一呼吸便闻山中空气的甜香，哦，这才是雁荡山！

但是，没有了水，总让人遗憾！

没有了水，只好先游山，灵峰便是第一景。

灵峰是合掌峰的右峰，左为倚天峰，因两峰并峙，形如合掌，故名合掌峰。我记得峰中的观音洞十分神秘玄险，如今寺门修葺一新，反倒减了几分古朴之趣，进得寺来，墙面即见邓拓题诗：两峰合掌即仙乡，九叠危楼洞里藏，玉液一泓天一线，此中莫问甚炎凉。

此诗为邓拓一九六〇年所作。品其结句，思其平生，不禁感慨万端！莫不是贤士都有先觉，早在六年前邓拓就对自己的厄运有了宁静淡泊的解悟吗？

九叠危楼的观音洞，自然香火鼎盛，进洞的人大都要去求一纸签诗，售签的小和尚神态懒懒，却从明码标价的一角要成三角，假如你得的是“上上签”，他说声“随喜”，你便要自觉地添上五角一元不等的“喜钱”。有位旅客为之诘问，小和尚鼻子一哼，满脸是不屑的神态：“看你衣冠楚楚，还计较这几个小钱？如今三五角算个什么？只怕跌落地上都没人捡！客官，到那边喝口清泉凉凉火燥心吧！”

那位“客官”一听，果然好不尴尬地立即走开，踱到对过的那口泉水池边舀起一勺清泉来一口接一口地喝。那柱从岩顶跌下的水泉也怪，细如银丝，断线珍珠似的叮叮咚咚落将下来，直落到那圈围成的小池中。我跟着走了过去，另用水杯接了一饮，果然清甜沁脾，美若甘霖。

回头再看那位发大话的小和尚，只见他双目微闭似在养神，虽然着的是样式古旧的“和尚服”，那布料却时髦挺括，不是“的确良”，便是“高尔夫”，手腕一闪，晶亮的表带铮然耀眼，哦，20 世纪 80 年代的和尚嘛，自然神气！

从大殿下来到第四层，我左寻右觅，执意要找岩壁上那个“一指观音”。这是个妙处，外来人若不经指点，很难发现。

此时从这里往洞外看，洞口宛似一线，故有“一线天”之谓。“一指观音”就在左首的岩壁上，若是站立的位置不对，那么你纵然引颈翘首，也无法得见。我来回移步“校正”了立足点时，却发现这最佳的“立足点”，已被摄影师绳子一揽，圈入了“势力范围”内。

看在老乡分上，摄影师破例让我这个没有请他照相的人，进入绳索圈内。

好一尊从天飞降的观音佛！这佛像从头到脚只有一指大小，盘腿侧坐，栩栩如生，真是天工不可夺，雕都雕不出如此精巧逼真的坐佛，有趣的是，你只要稍稍移动一下观察点，那侧坐的观音，就像遁空而去一般，立刻隐没了，映在眼前的，只有黑乎乎的岩壁。

你能不感佩大自然的造化之功吗？可是，又是谁第一个发现这个“造化之功”的呢？是久住洞内修炼的老方丈？是给大殿点香烛送斋饭的小和尚？我问遍上下，没人道得出来。

虽然有些奇异山景，但无水终不成雁荡，我一鼓作气便又去了“三折瀑”，心想，总不该大名鼎鼎的“三折瀑”也无水吧？

“下折瀑”果然也仅有虚名，溪石裸露，断水多时。听说“中折瀑”稍好，便立即气喘吁吁爬坡越岭攀登上去，谁知眼前所见的，也不过是一泓半月形的水池，虽有一抹水泉似珠帘飘挂，但太缓太小了，没有一点悬崖飞瀑的豪壮，倒像是本地人为不使游客太扫兴，在山尖上预备了几桶山水缓缓泼洒下来似的，太叫人失望了！黑苍苍的岩壁倒刻凿了不少名家手迹，看着“天下第一胜景”的斗方刻石，想起郭沫若“我爱中折瀑，珠帘掩翠楼”的诗句，总觉得此情此景与之大相径庭。

人又说“上折瀑”更干涸，只得就此收步。

心犹不甘，第二天又上小龙湫。

去小龙湫的山道十分清幽，一程程但见山岩奇巍，雁荡山的雄姿一一展现，一位自告奋勇要当向导的老汉，指着一处又一处的山形说，这是“钟鼓齐鸣”，那是“金蛙叫天”，这这那那共有六十一处景观，细辨之，总觉似像非像，遂体味雁荡山的妙处，似乎就在这“似像非像各人意会”中，所以还是不要向导，不道破为好。

小龙湫也没有了“龙湫”的豪威，只是一挂和“中折瀑”差不多的细帘！

就在许多人失望得脚都迈不动之时，一处又奇又险的“景观”，顿叫人驻足流连，叹为观止。

不知何时兴起了这种绝招，在灵岩寺前的天柱峰和展旗峰间，有两根长系的钢缆，每天都有两位骁勇的山民，在高空给游客做“滑岩”和“飞渡”的飞人表演。

天柱峰高约 266 米，立地摩天，浑圆陡峭如柱。从“柱”顶上抛下的那根缆索，真正犹如“天线”，且不说那飞渡健儿如何攀缘下崖，人在地面光仰望一下“柱”顶，头上的遮阳帽就要落下来。

一阵鼓声响过，只见“柱”顶上立起一位红衣人，远远望去，犹如一只红鸟展翅欲飞，只见他随着缆索的一飞一荡，轻如猿猴敏如松鼠在山壁上一步一丈地下滑，那身姿，那动作，分外矫健，此情此景，立刻使我想起了河南林县当年修筑“红旗渠”的那份豪情和勇敢。

千余游客，屏声静气，生怕漏过了健儿下滑的每一个动作，时光飞逝，秒针不过转了二十圈，那英武的“红鸟”已安然落地，随即，观众的欢呼与掌声，惊天动地地响起……

第二个节目便是在天柱峰与展旗峰之间的“飞渡”。与天柱峰对峙的展旗峰，峰尖似乎隐没在云端，那两根钢缆“天线”，也几乎成划破天幕的细弦，人们一边啧啧惊叹，一边又眼都不眨地盯着第二位“飞人”的出现。

又是一阵鼓响，第二位“飞人”又像一只小猿猴，半躺在细弦似的钢索上，敏捷万分地“飞游”过来。只因太高，这飞人穿的衣裤也难辨颜色，只见他手脚越发矫健，动作越发利索，没消片刻，便“飞”至中段，观众还未来得及爆出欢呼声，那“飞人”先是一个“鹞子翻身”，接着又一个“金钩倒挂”，随即又自点自燃，在半空中噼噼啪啪爆出几颗“天地两响”来！

这鞭炮委实放得好！世间只有如此英武的好汉，才配在此时此地放这“天地两响”！

这位好汉从天柱峰“飞”到展旗峰，百十米的“飞程”，不过用了十分钟！

看看这项特殊的“游艺”活动，我觉得雁荡山一切的美中不足，都得到了补偿。

岂不料还有更精彩别致的“节目”在后面。

二十八年前到此，所存的遗憾是未看过大龙湫。人说不管天旱日久，大龙湫总归是有水的，可惜就是路太远，路远怕甚？大不了多爬两道坡！当下就与几位文友搭车到了灵岩村。

车至村前还未落停，只见一群村民指手画脚、前呼后拥地奔了过来，惊疑间刚打开半扇车门，同时伸过来三只大手，一齐搭住了我的胳膊，好几只喉咙一齐争着叫嚷：“我的，我的，这是我的！”

我懵了，幸亏懂得本地话，这才明白争先恐后奔来的村民是为了争生意，这才听清他们口中那“我的，我的”，是要拉我们去坐轿！

果然，在村前小路上，一溜儿摆着两排用塑料藤椅装扮成的“软轿”，彩色床单做帷帐，披红飘绿，煞是轻便。

我虽然有脚病，走山路最差劲，但这轿，我能坐吗？别的不说，光是“坐在轿里让别人抬，满身汗珠嗒嗒流”这份心理压力，我就受不了！

“同志，你别憨，从这儿到大龙湫，远着哩！过马鞍岭上坡六里，下坡六里，下坡还要走七八里才能到湫边，你这把年纪，吃得消吗？”几位晒得黝黑的精瘦的妇女，各自攥着我们的胳膊争相劝说，大有不答应便不罢休之势。“你放心，脚力钱一点不贵，价格是政府定的，单趟 12 元，来回 24 元，统共二十多里路，你说贵吗？一点不贵，放心坐好了……”

自然不贵，但我绝不会坐！我千辞万谢，同来的文友也一一力拒，大家一齐开路快走。几个村民见劝说无望了，便渐渐散去，另找别人打主意，却仍有几位不肯歇手的，索性抬了轿子，不屈不挠地跟在我们旁边，绵绵软软地继续劝说："我说女同志哪，你是没走过，不知这路有多远山有多高哪，保准你一走到半岭就走不动的，我们这儿给你预备着，你什么时候累乏了，只管说一声，我们马上抬！"

天哪，这哪行啊！我们越回绝，她们劝得越起劲儿，我们走得越快，她们跟得越欢，说实在的，到后来，我喉咙眼里酸酸的，已经很不是滋味了，幸亏来了解围的——两位打扮入时脚穿高跟鞋的姑娘，在后面娇声唤定了这两乘轿子，抬轿妇这才撇下我们，欢喜不已地迎了上去。

我这才松了一大口气，闪在路边让过轿子。

坐轿的两个姑娘云髻高挽，裙袂飘然。虽然戴了太阳镜，却遮不住一身娇羞之态；抬轿的村妇欢天喜地，虽然轿一上肩便大汗淋漓，却因揽到了生意而兴高采烈，两脚生风地从我旁边闪过时，还没忘了对我闪出一丝感激的笑意，仿佛那两个女子，是我给"介绍"出来的。

上坡六里，下坡六里，下坡再走七八里，真是累得可以，想想六年前攀越峨眉金顶的豪情勇气，想想刚才的这班抬轿妇女，我才渐渐地生出许多脚力。

看大龙湫委实不易，大龙湫也委实有看头，从连云嶂飞下的这道飞瀑，高约 190 米，因此，虽然瀑面不甚宽，但罕见的高度，足以使它别具卓越之态，怪不得人说"万丈龙湫水，飞流翠碧开"，但见一阵清风吹过，那飘飘荡荡的飞泉便似雾似烟，真的是"飘洒四时雪，喧闻万壑雷"，气象不俗，蔚为壮观。

小游雁荡三日，一言难尽印象，大概是太累乏，夜来多梦，回回梦见一群村妇，扬着黝黑的笑脸，在飞瀑鸣泉中，轻轻巧巧抬着一顶顶山青水绿的小轿，向我飞奔而来……

离别后，我才觉得仿佛失落了什么，辜负了什么，不记下这篇小文，我将永远亏欠雁荡的厚朴和真诚……

奇哉雁荡山，美哉雁荡人！

1988 年

温州的“媛主”

“一个媛主面孔红葱葱／啰唻，啰啰唻，身穿布衫，啰唻，啰啰唻／花粉红。半升米落镬煮勿起／啰唻，啰啰唻，牙儿还摊开想老公哟，呵咋！”

多少年了，一提起温州，一提起温州姑娘，这首从词意到腔调都带着浓甜江南味儿的民歌，总是首先飘入我的耳畔；而一种唯有温州人温州话才有的儒雅、软润之感，就像江南三月的春信鹅黄，粉茸茸地贴在了心头。

第一次听这首歌，是四十年前上初中，老师很起劲地教唱，好不晓事的我们，竟爆出了老师根本没想到的效果——全班同学一阵莫名其妙地大笑后，男同学正襟危坐作肃然状，部分大龄女同学则玉颈低垂作羞赧状，仿佛自己就是那“半升米落镬煮勿起，牙儿还摊开想老公”的温州“媛主”。

说到这里，北方同志说不定要抗议了：什么“媛主”呀“老公”的？

对了，这首民歌其实非常简单幽默：“媛主”就是姑娘；“老公”就是丈夫或女婿；“牙儿摊开”就是嘴巴一咧。你想想，一个连半升米的饭都不会做的女孩儿家，整天咧着个大嘴想那还未过门的女婿，岂不是整整懒闺女傻大姐一个？无怪初谙人事的女同学要羞、要臊。

实际生活中的温州姑娘嘛，不是夸大，真是千娇百媚、千姿百态。论长相，哪个不是桃花为面丹霞衬脸？春笋儿似的往那儿一立，也不用开口，一双秋波眼就把水乡女子的灵俏劲儿都转悠出来了呢！

全面评价，长相当然只是“之一”，若说温州姑娘在家常理道的能耐，我的赞美诗更得要挂在嘴边了。

我家在玉环楚门，与温州很近。玉环老早没有几个人到外边见过大世面，楚门人便把温州看成了小上海，温州的“五马街”，在楚门人眼里就是上海南京路；谁家来了温州女客，整个小镇女人的目光就黏牢了她，会来事的，有事没事便去串门搭话，为的什么？好把来客的发式衣服看个透呀，即便不能立竿见影，也能请对方帮助捎来一星半点时髦，过一过“温州瘾”。温州女人衣服妆式不一定很华贵，但看上去总有一股新鲜劲儿，她们会扮会穿，那心思就是巧俏。

还记得小时候，我那做南货生意的父亲，要进货，总是小火轮一坐，去温州；进得货回来，总是大谈特谈温州如何如何；县城还没有高中时，我的哥哥姐姐要读书，要上温州；与我哥哥要好的女同学，也都是极可爱的温州姑娘；我平生吃到的第一只香蕉，也是温州亲戚带回来的。温州是那么美好，纵然还未去过，但温柔丰美可亲这些字眼，早和温州女人一样，牢牢系在了我的心尖。

终于要看温州了，却在不甚美妙的年月，也是在国家经济和自己钱袋都十分拮据的时候。彼时不消说绝无可能到五马街一享时髦，就是现在遍地林立的小商品市场也绝对没有。尽管如此，我还是惊见温州“媛主”的别出一格：即便遍地寒素，她们出落得硬是不一般，全国都是“灰蚂蚁蓝蚂蚁”，她们却在这一色灰蓝上张致出许多花样：那领子，那腰身，总能见出些许别地绝对见不到的妩媚风雅；别的无法装扮，小小的别头发的卡子，也五颜六色极尽鲜妍。

你能不佩服她们那扼杀不了的爱美天性和灵思巧俏吗？

到了“大江南北说温州”的时候，温州人已是当今中国最受关注的群体；他们是中国市场经济最早的觉醒者，就像一群斗士，他们以自己独特的方式，在计划经济的封锁线中拼杀出一条条生存血路，创下了非凡的业绩。当温州人以大大优于邻边地区的生活标准，吸引了人们羡慕不已的目光时，与温州男人同时树立了自己杰出形象的，也是那些可爱的“媛主”们。

当人们惊异于遍布全国的“温州街”“温州村”，当人们不无妒羡地发出“无处不见温州人”的感叹时，我们还能不注意到吗？那三步一岗的布摊、鞋摊、小食摊上“眼观六路、耳听八方”地招呼顾客的，绝大多数是一位身材娇俏、嘴甜舌巧的温州女人；而如若堂皇地挂出了温州发廊、温州裁缝等招牌的，那店主老板更是百分之九十九的可能是温州女人。

于是，我也是在此时惊悉天机似的，忆起了我的中学同学、一位嫁为温州妇又不幸守寡的女人的感叹：这二十多年，一年365日，我和三个女儿，哪天哪日实足困（睡）过五六个钟头，都算是福气啊！

我完全相信。她和女儿们，当年就是靠着昼夜不倦的梭子织出自己的生活的。

这位已成了乡镇企业家的同学，论美丽，是当年的“班花”。说这些话时，她早已年过半百，但耳垂上那对镶钻的耳环，晃得令我想起到夏威夷度假的女明星。

“女明星”还告诉我：她最小的女儿前年出嫁了，那嫁妆，在如今的温州人眼里，只是中等标准了，可是就这，也是“一只手”。

糊涂的我，竟没问明“一只手”的具体数字，糊涂地猜猜，当然不会只是五千或一万。

勤劳，是温州女人致富的谜底；勤劳，使温州女人至今不败地处在领导全国从服装到妆式的新潮流中。归根结底，温州女人商品经济观念是敢为天下先的。

与我这位同学优裕相似的温州女人，成千上万。

还用问如今的温州姑娘是否依然容颜如花吗？

所以我仍然要啰唆一句：民歌里所唱的“媛主”，仅仅是温州姑娘的一种大度和幽默。

1995 年

忘归之境

向来自认是山水知音，总觉着于天下的千山万水都存着一缕长长的牵挂，总觉着万水千山都和我有着一份心灵的约定，可辽阔中华，游遍何易？无由争先睹，但求观后奇，这一来，便怠慢了许多好山水，金华便是被我如此这般错过去的。前两次都是因公赴会匆匆一掠，不要说细细领略，连久已驰名的双龙洞都未能观览。

“春秋佳日切莫辜负湖山”，多亏几位热衷散文创作的文友策划，这“赴约”式的访游才得成行。

这一回，心心念念直奔“双龙”，宿处恰是双龙洞所在的金华山。

江南四月春风急，出门总是雨为伴。这霏霏小雨下起来，偏又是如此情长意绵，一路添彩加色，一路如诗如乐，直下得你满心满腔一缕恬恬淡淡的温柔，待在暮色苍茫、雨雾缥缈中到达目的地，定睛一看，“云揉山欲活，湖横雨如奔”的景致，马上就涌到了眼前。

真是天助雨帮忙，云天细雨打扮出这样一座金华山！

找着了掩藏在云里雾里的宿处——双龙宾馆，于是，无须遐想，无须期待，“枕石听流泉”的美景，端的就成了现实。无怪次日一早起来，同伴中十有八九都道，像昨夜这般流水淡然来耳畔的清梦，是在城里过上一辈子都未必有的。

于是，触景生情或记性好的，又不约而同娓娓背出了《鹿田听雨记》。无怪古代能出那么多山水诗家，谢翱的这篇佳作，真可谓无出其右者！

有了如此美妙的夜曲—晨曲—序曲，再去游览有“卧船、观瀑、赏石”之三绝的双龙洞，就像是一架琵琶铮然引路，从踏上山径的第一步起，从耳畔到心里，都叮叮咚咚地响着一片清悦之声了。

呀，不是说“洞中有洞洞中泉，欲觅泉源卧小船”吗？意欲观赏双龙洞者，必须平卧小舟，仰面擦崖才能逆水而入。于是，忙忙乱乱地跟着熙熙攘攘的游人，一对对地排队下埠，如此这般地照着做了，正要细细地品味这平卧小舟仰面擦崖的滋味，忽而又听说是“好了好了”哩，唔，这是怎的了？

唉，时间太短促，电动按钮代替了人工牵绳的拖拉，快果然是快了，但这一快，却把原先可以稍稍延长的那份惊而无险的滋味给削减了。

看来，旅游景观中的有些情趣，还是让它保留原始或古朴些为好。

正当为之怅怅怔怔间，却从导游小姐那里听来了一个真实的故事：年前，一位体态巍然的外宾来游览，测其身体的横宽与“厚度”，远远超出了小舟和洞顶所形成的空间，这可怎么办？管理部门当机立断，马上放水降低半尺水位，于是，这位大腹便便的贵宾远客，终于如了愿，优哉游哉地“轻舟仰卧入回溪”了。

听至此，大家忍俊不禁，我自然也立即收回了“电动按钮不如手拉牵”的想法。不是吗？如果没有电动设备，一时三刻如何降得了水位？归根结底，旅游设施还是现代化好。也许，恰恰由于这想也来不及想、品也来不及品的短促，反倒加深你的眷恋，促使你生出再来的意念呢！

如果说，“进洞去”已让人尝试了“千尺横梁压水低”的妙趣，而洞内最使人惊奇的，自然是那个一如银河倒泻的洞中之洞——冰壶洞了。

喀斯特地貌的溶洞，曾游过不少，桐庐的瑶琳，宜兴的善卷，杭州的灵山，兰溪的地下长河都印象颇深。这些溶洞都有千姿百态的特色，千姿百态中，又总有一两处极形象的钟乳景观教人难忘，但是，像冰壶洞那样落差达 20 多米的洞中悬瀑，真正堪称世界奇观！

正当人们对着这挂冰飞雪扬、声若滚雷的奇瀑愣怔不已时，导游又说起了曾有探源者逆瀑而入失败的事。我听着，一边对这位勇士深深钦佩，一边却又生了感慨：何必一定要探出这瀑的源头呢？若为开辟旅游新景观，也许探源寻胜十分必要，但若为游览欣赏，冰壶有这挂来处神秘的飞瀑已足矣，已足足令世人惊叹，惊叹之际，就令人生出无限遐想，无穷的故事将会在游人的脑海里绵延编织，岂不更富诗意、更加美妙吗？

大自然原本就是一个难解的谜，正是由于它的奥秘、它的神妙，才对世人有着永恒的诱惑。

悠悠着这份思索，就像一缕余音袅袅而去，双龙和冰壶的奇观，悄然掩上了它的帷幕——洞口到了。

这下，方知“逆水进双龙，讶然观冰壶”的倒游法，委实安排得好。

接下来，自然是参观东南侧香火鼎盛的金华观。“观”当然是后修的，但因相传是赤松黄大仙得道登真之壤，遂成道教的洞天福地。

黄大仙就是黄初平。这位来自民间的得道之士以及有关“叱石成羊”的美丽传说，我们尚属首闻，据说在港澳、东南亚地区，其却是人人皆知的“大仙”。传说之所以被如此美丽地神化，不仅由于相传的“黄大仙”做了许多济世助人的好事，大自然也又一次成全了这位不平凡的凡人仙胎，不是吗？“观”里“观”外，就有一块块大小酷似群羊的石头，不管是单只还是群体，无论你从哪个角度观看，它们真的比羊还“羊”！

穿过山谷徐回住处，那滋润苍山、滋润心田的小雨，依然廉纤不止，如火如雪的碧桃、杏花，把绿得淌出汁水的翠嶂，点缀得益发斑斓如锦，那错错落落分布在这座山谷间的十数幢小木房，因了它不加砍削的原木模样，因了它不加油漆的自然本色，更因了它尖顶平沿的玲珑形式，无一例外地成了一道山中的风景。那滋滋润润的小雨，无声无息地飘下来，那若有若无的云絮绵绵柔柔地缠来绕去，能在这种小屋闲适而居，又怎能不做一个温柔缱绻的好梦呢？

问过主人，道是此处山居尚未取名，而双龙风景区的规划图上，傍此风景的，却早已落上了“笑溪山居”和“流梦山庄”的字样。

一日流连，正待回味，殷殷的主人又求题留字。一夜听雨，心中虽已叮咚着无数诗章，真要用笔写出，除了“忘归”二字，再无其他。

1994 年

梦萦南浔

风光可人，山水怡人，忙不过来的笔却负人，我欠下了许多山水情债。

南浔也是我的债主。我欠她的，不光是怡我心田的风光山水，更有旧雨家园的情感。

第一次被南浔诱惑，仅仅由于白居易那首著名长诗《琵琶行》的首句："浔阳江头夜送客，枫叶荻花秋瑟瑟。"这一乐感特强的首句犹如琴声铮然，美不可言的意境随着低吟浅唱的诗行，淙淙流淌，千年百载地萦回我们心头。

世上有很多情愫是说不清道不明的。就因为好诗佳句中这个形声俱美的"浔"字，我爱屋及乌地爱上了见也没见过的南浔。南浔和浔阳相距千里，浙江的南浔和江西的浔阳风马牛不相及。可是，就因为南浔是我们"浙江的"，从此我对它更加铭记于怀。的的确确，世上有许多感情是道不明说不清的。

有趣的是，爱心笃笃，我却没有到过南浔。但是，我却不由分说地认定了：南浔美丽，她有诗歌的意境、音乐的韵味。

当然很盲目，盲目得固执而自信。

真正被南浔"勾引"，是在萌发了欲为丝绸文化探源寻迹之时。当我在千里之外的中原，翻开记载丝绸史的一本本厚厚的册页时，南浔犹如一个琼台玉人翩然来至眼前：她莲步轻移佩环叮当，身姿绰约而仪态万方；而最撩人眼目的是那一身无与伦比的霓裳：她衫似流云裙如水波，这华服亮比星月、薄赛轻纱，是因为用世上最华美的织物——丝绸所制作。

丝绸，古老的中国文化最辉煌的象征之一。如果说中国丝绸的根源在南方，如果说浙江是中国最大的丝绸之府，那么，浙江的湖州，湖州的南浔，便是根源之头。

我想声明的是，我无意和丝绸史学家引发丝绸之“源”的论争，我想，我在这里所有的感慨，都源于“情人”眼里所出的“西施”，都是一个情切切的寻梦人的呓语。

我还要坦白的是：就在我“单恋”得如火如荼时，我还未曾回归浙江，还不曾亲睹这个梦中情人——南浔。

于是，毋庸言说，走访南浔，是我回到浙江后欲要亲解的又一道情结。

在这期间，就因这颗拳拳游子心，我写了不少以我的故乡楚门镇为背景的散文和小说，就像儿女从不嫌母丑，就像父母总认为自己的儿女最漂亮，我心目中的故乡，我笔下的楚门镇，自然也是天下无双的。于是，百竿皆作鸣凤管，我将山头海角的楚门，娓娓无遗漏地写得龙跳水活。

终于有了第一次的南浔之行。尽管早有预感，尽管是点水蜻蜓式的一掠一瞥，我还是难以表述袭上心头的最初感觉，那是一阵强烈的冲击波。于是，万千感喟只化为一声声低唤：哦！南浔，南浔。

是的，南浔也是江南水乡的一个镇，但她所拥有的方圆地域，她的足可与小城媲美的镇容镇貌，哪里像是一个镇？还有，她所拥有的阔大气度，她所最能在人前光彩的丰厚的文化积淀，哪里像是一个镇？

在浏览时，我常常因惊叹而呆若木鸡。

是因为南浔一切的一切都在我的意料中而欢欣得发傻，还是因为南浔一切的一切都超过了我的故乡楚门而令我嫉妒得发呆？

我说不清。就如刚才所说，世上确有许多感情是道不清说不明的，特别是当它和发自肺腑的爱交混在一起时。

就如在梦中夜游一样，我轻如履棉的步子飘过了那缎带一样从镇子中心袅袅穿过的小河，那雕弓一样密密排列的小桥，那一间接一间飞檐雕栋的亭阁水榭，那一家挨一家白墙黑瓦红门花窗的临水人家，那家家门前刀切豆腐般一块块铺着的连接风情无限的石板路，那诗一般、画一般、歌一般、乐一般的嘉业堂藏书楼和小莲庄……

只是点水之掠，但南浔在我心里造成的震撼，使我起码牢记了一条：我可以依旧千遍万遍地写我的小镇，我的楚门，但对南浔，对这个早有“耕桑之富、甲于浙右”之称的南浔，对这个恰如故乡又大大胜似故乡的南浔，万万不敢造次！

南浔是江南小镇，但绝不是一般意义上的小镇。她会让每一个见过她的人深深迷恋。不是故乡的南浔就这样成了我梦中的家园，我相信她会让每一个喜欢小镇的人将她当成梦中家园。

未几，又有了第二次的“点水”。

仍然是梦游般的感觉，依然是震惊与嫉妒交混的心态。我想，我于南浔，最长久的角色定位，恐怕就是被这种“水阁泊轻桡，门外桑荫绕”的羡叹盘桓心头；南浔施予我的，就是那永远的梦中情怀了。

我终于见到南浔的“亲儿子”来叙说母亲了——那是我所尊敬的老作家徐迟。徐老在他的长篇巨制《江南小镇》（上卷）里，把他的故乡南浔描绘得那样淋漓尽致，读完《江南小镇》再看南浔，我仿佛走进了梦中又从梦中走了出来，南浔的人文历史亲切得清晰可见、触手可摸；南浔的景致一如脱却了面纱的美女，更添香色；初见者难以体会到南浔之美，有了大作家的点睛之笔，使她出落得越发丰韵无限。

江山有灵感知音，徐老是南浔的儿子，自然是南浔最贴心的知己知音！有了这部《江南小镇》，我觉得再有写南浔的文字，都将会是赘笔，即便没有东施效颦之嫌，至少也难藏屋下架屋之拙。

记得王蒙在读了张承志的《北方的河》时，不是曾经也大发今后别人再写北方的河流，是很难再超越张承志这匹“黑骏马”之慨吗？

想是如是想，爱心却有增无减。南浔依然是我最向往的如同故乡楚门一样的归老之地。行走在小莲庄的曲廊中，坐在“退修小榭”的雅室里，面对一园芳菲，与如醉的春树似睡的春水共品浓绿，遥望一箭之远的嘉业堂，“窗前流水床头书”的闲适，仿佛已唾手可得。我不能不艳羡南浔人的福气：人生最惬意的晚年境界莫过如此！

就因为这份甜蜜的畅想，我常常又有一种隐忧：因为，改县为市、改镇为市是20世纪90年代的热潮，一旦为市，最明显的象征就是连片的大型水泥建筑。我害怕飞速发展的现代文明，有朝一日会侵吞南浔这种田园式的宁静，我害怕崛起的高楼，那千篇一律的水泥方块，挤兑了那深深浅浅的浸透了生命汁水的绿。因为我们不止一次亲闻得见，那些新兴的城，那些突然冒出的市，整个儿就是一片无树无绿的水泥建筑的汪洋。

如果到了那样一天，我想，南浔于我的梦，会连根带梢飞走！因为，我心目中的南浔，是一个镌上江南印记的典型小镇，是一个和小河石桥、黑瓦白墙、板门花窗永远相映的小镇。镇于南浔不是一种经济标志，而是一个文化象征。

令人欣喜的是，事实证明了我这是又一次的杞人忧天。南浔的当家人把南浔的经济和文化的两翼振兴得同样饱满，关于南浔的种种令人鼓舞的消息不绝于耳；被誉为“东方小莱茵河”的航道，日日满载的不仅仅是名噪海外的“辑里丝”，南浔人在将莹白清亮的至柔传递四方时，也一如既往地传递着南浔那令人着迷的文化气息。

于是，在又一次得访南浔的机会到来时，我想轻轻说一声：感谢您，南浔，感谢您留驻了我们的梦，留驻了一个无可替代的关于江南小镇的佳梦！

1996 年

品味兰溪——兼说芥子园

终于觉得非写兰溪不可了，却又突然哑了笔。

愣怔半晌，才悟过来：有些并非繁华地也不是大都会的地方，之所以久久存在你心中，时时撩惹得你有一种欠债般的神思恍惚，不是别的，而是缘于她有着深厚的文化积淀造成的特殊魅力，一种类似陈酒佳酿的品味，要你日久天长才能慢慢感受她的温馨、感受她那种依稀梦里的诗情。对于这样的地方，并非提笔就能成章的。

兰溪就是这样一个地方，就是这样一个令你只有天长日久才能品味，品味她的温馨与诗情但却又一下子难以道尽奥妙的地方。

这些地方，往往连地名也透出了一股浓浓的诗意，兰溪亦然。

你听，不管是外来人还是本地人，一称呼"兰溪"，那声音总是轻柔如丝，软软暄暄的，极为温婉。你听他们一叫兰溪，那水雾洇洇的情景仿佛就扑面而来，立刻就裹挟得这声音里都湿茸茸地含着水中莲荷草上珠的味道。渐渐地，那番温柔缠绵，那番依稀梦里的情绪，你也就有了。

于是你就想了：既名兰溪，该有一溪幽幽地透着兰香透着草气的清水吧？那是自然。兰溪的这条透着兰香草气的水，却不只是一条幽幽的溪，而端端是一条江，一条堪称水面宽阔很有气势的江，无怪当地人说道起这道水来，话语也总是很有气势的："我们到江边走走！到江对面去耍耍！”好像没有人说到溪边走走、到溪对面去耍耍的。

所以，兰溪和兰溪的这道水是既温婉又雄浑，既有女儿之名又有男儿之态的。兰溪的江边有着城墙式的堤岸，从堤岸或城墙门洞的长长台阶上走下来，总令你骤展想象之翅，你会想起长江边上的许多城市，比如奉节。于是城墙下面的这条缓缓流淌的水，也就会使你误以为是长江，但你只消低头细细看一看，那水自比长江清冽。

记得多年前，读到郁达夫的一句绘景诗——“屋住兰江梦亦香”时，我曾恍惚存疑：这“兰江”是指富春江呢，还是指兰溪江？抑或只是泛指？待着实游过并着实迷恋了富春江后，我对兰溪就更存了一种向往。

向往的缘由，就在于兰溪有那么一个好听的名字，在于她有这么一条多姿多彩的江。可是，而后进我耳畔的兰溪，却并非总是诗意烂漫。特别在春夏间，从兰溪传来的，常常不是抗洪的消息，便是抢险的报道，于是，原来那种悠闲的诗情的想象和惦念，全然被生存的焦虑和牵挂代替，这种时候，我们就更知道兰溪的江并非温顺，而是常常恣肆汹涌、撒野撒欢，很会犯点牛脾气呢！

虽然已是三访兰溪，我却不能说已知兰溪文化的精髓，此次“彩船会”中应邀再来兰溪，夜色中随文友的引领看了兰溪的一条很有特色的老街，那簇拥着老街的幢幢房屋，大多有百年历史了。屋宇中又高又狭的“风火墙”和只容一人侧身的又深又长的夹弄，自是古风独具、别处绝无的景致。

这些弄口，大抵因有一个涂染着历史印迹的名字而更具古朴的氛围，面对这些弄口，你会把刚才穿过市街的灯火繁华全然忘却；面对这些黑森森的古宅高墙，你更会悚然想起武侠小说中的诸如“侠义之士飞檐走壁”之类的情节。匆匆而来的我，在一条条长而幽深的弄口望而却步未敢妄进，当然不是畏惧古小说中的惊险“故事”会在现代化的今天发生，而只是唯恐自己这不速之客的脚步，会惊扰至今还可能以某种印迹存在其间的兰魂月魄。

兰溪使我再增向往的，便是李渔的芥子园。

我曾把“窗前流水枕边书”喻为人间福境，我也把书喻为“天下第一情人”。尽管贪书无厌，毕竟陋室有限。因此，在我终于有了书房的时候，还是不能不有所选择，而最早倾囊买得几套文豪们的“全集”中，独独先有了李渔的。

是因为喜欢戏剧而喜欢李渔，还是因为读李渔而更喜欢了戏剧？说不清楚。作为以曲名世的李渔，不管他一生如何毁誉霄壤，我是非常佩服这位在戏曲创作中被称道为“一朝之冠”的大家的，毕生堪称著作等身的笠翁，那些诗文作品和读史随笔尤见匠心独运、不同凡响。我最早被李渔吸引，是他的《闲情偶寄》。那真正是闲闲中道来的简明而又透彻的人生道理，总令你耳目一新中有鞭辟入里之感；而他诗文中那浓烈而又缱绻的情意，也自得湖山灵气、天地英华；最是那写尽凡俗又非同凡俗的浸透了悲欢离合人情味的剧作，曲曲都有一股厮缠你心魂的魅力，使你读来津津有味，一展卷就欲罢不能。

当代的一些戏剧专家常说：戏剧是综合艺术，剧本虽是一剧之本，但有的剧目只能看演出，而无法单单欣赏剧本，因为很多剧本是非文学的。非文学的剧本可能是鸡肋，可能是几条干巴巴的筋。可是李渔的剧本不然，李渔的剧本是非常文学化且又大众化的。乐观旷达的李渔于世人的贡献，并非只是留下了多少本让民间百姓可娱可乐的大戏，依我看，他的剧作留给后人更多的是“警世通言”和“喻世明言”，他所留下的是劝人向善向美，是警示世人怎样做人的道德文章。

认识过李渔再去芥子园，你就会觉得芥子园的品位与这位古人相齐，芥子园的景物似乎全在意料之中。

芥子园并非显赫一时的“大观园”，也绝非远离尘世的桃花源，它处在市郊正趋僻静，规模适中而自具清幽。一般游客由于不知李渔不识其文化品位而从不蜂拥至此，这便使它保留了独矜清高的格调而有一份书院式的宁静。我几次去芥子园，总有别处没有的清幽情味使我沉醉。

后人对芥子园的修葺也颇见匠心，无论是蓊郁的花木还是小桥流水的庭院，都有江南园林的情致，而一座新建的院中小戏台，恰恰又与芥子园的主体馆舍，那陈列着李渔著作的展室“燕又堂”相映成趣。“兰溪彩船会”中的一个重要节目，便是请外来客到此品茗赏戏，于是，这座新修好的小小戏台便成了游人注目之处。那一日，我虽没有亲见“祭台赏戏”的热闹，但我想，艺苑中出色的“当行”李渔，若能得知后人如此敬崇于他，当年的“生忧患之中，处落魄之境”的感喟也该烟消云散。

“兰苑香传十种曲，溪山溢美一家言”，青藤攀绕的傍水亭榭中，当今戏曲大家顾锡东先生的这副佳联妙对，精练概括了这位“湖上笠翁”之平生成就，更有知音酬和之妙。

到兰溪来芥子园一游，最是得益于心、萦念于心的快事！

1997 年

愿为青山绿此湖

能有宝石山相伴，西湖为邻，身在天堂，人生最大的幸福，也不过如此。

若是想要去湖边走走，拣门口的通衢大道，不消十分钟，便可走到断桥边，看那仿佛永远是络绎不绝的人头攒动。

若是想看更好的景致，只需从后面山上走一条石板路，不疾不徐，汗还来不及出，便到了宝石山上、保俶塔下。

若是天气晴好，此时往西湖望去，便见湖面波光粼粼，白堤划出一道自然而优美的弧线，嵌在水面上，湖上画舫徐徐穿梭，湖边游人如蚁，点缀在堤上岸边的依依杨柳旁。远处青山环绕，为目力所及处添上看不厌的苍翠青黛和起伏连绵，湖光山色这个词，竟仿佛就是为了西湖，为了西湖边的一列青山，而特地生出来的。

都说上海世博会中国馆里那会动的《清明上河图》是一绝，可谁又知道，只要站在山上看西湖，那就是一年四季永不停歇的画卷，是大自然和人类和谐相处，共同打造出来的永恒的美景画卷！

杭州，“世界上最美丽华贵之城”。这是马可·波罗的赞语。

我曾想，如果把世人对杭州的咏叹收集起来，一定是古今中外最丰厚的一本赞美诗。

我曾想，论说杭州，不能白话直说，而应用如歌的行板一唱三叹；写画杭州，不可只蘸寻常的色膏，而应掺进香醇的酒浆尽情渲染。

我常常想，说不完、道不尽、写不够的杭州，到底有多少神奇多少美景，如果不是长年累月在她身边徜徉、游历、欣赏，是断断不能体会完全的。

而自北方南归之后，在她身边流连缠绵了这二十多年的我，每每面对这世间无二的景致，想要提笔书写赞叹，却总是无从下笔。便像为一位风华绝代的美人画像，无论以什么样的笔触描摹，也都生怕刻画不出那绝世的风姿。

也许，杭州的美，已经超出了文字所能描写的范畴？

又或许，杭州的美，只适合欣赏、赞叹，而不能用语言来描述？

然而，终得西湖常相亲，心痴情也痴，免不了要说有关西湖、有关杭州的一些痴话。

山川奇秀的杭州，自有诞生的摇篮，钱塘江就是她的母亲河。

千年万载，潮汐冲击，钱塘江使烟波浩渺的海湾，沉积成河网交叉的平陆。千山万岳，绵延亘贯，天目山奉出两座最秀丽的峰峦——宝石山和吴山，岬拥着这块江湖浩漫的土地。

“三面云山一面城”的杭州，既有山的风骨，更有水的柔姿；大运河绵绵流淌，尾随钱塘江的富春江、新安江，袅袅穿越。这丰盈的一川三江，平添了杭州的妩媚。

以“东南名郡”见称于世的杭州，端的是镶嵌东海的翡翠，寸寸如写意画，处处似山水诗，人人都道江南好，位于杭嘉湖平原中心的杭州，便是江南水乡最夺目的碧玉。

“天下西湖三十六，就中最好是杭州。”“未能抛得杭州去，一半勾留是此湖。”一点儿不错，杭州之所以是杭州，是因为有了西湖，难诗难画的西湖之所以有令天下人倾倒的魅力，是因为她有着销魂夺魄的神韵。

人都说西湖的神韵在于清幽：三面春山如睡，中间盈着一汪湛湛碧水，真有“流出桃花波太软”的娴静；人也说西湖的神韵在于绮丽，依依可人的苏堤、白堤上，烟柳画桥，风帘翠幕，这份绮丽只有天宫仙境可比；人又说西湖的神韵在于奇俏，她云山逶迤，亭台隐现，真有泼墨山水欲露还藏的意趣；人还说西湖的神韵在于她的多彩，她那四时八节之景，一山、一水、一草、一木，俱有灵秀之气，冬赏蜡梅春折柳，而三秋桂子、十里荷花的美景，更让人流连沉醉；人更说西湖的神韵，就在于她所有的古刹丛林、先哲祠墓，大多有千百年历史，各处景观又十分紧凑，登山可眺湖，游湖亦看山，花港观鱼趣，柳浪闻莺啭，新旧二十景，集了人间美之大成。

一年四时，西湖总是妩媚多姿的，所谓四时晴雨，各擅胜场，而看遍风花雪月，至今最让我醉心的时令，是杭州的秋天。

每每得知友朋欲访杭州时，我总建议：要来等秋日，秋水船如天上行，秋天是杭州最好的季节。那时候，天宇朗然，空翠如滴，吴山枫叶红，湖畔花似雪，金桂银桂千万株，绿盖杭州香满城；那时候，无论仿一仿古人的神游、醉游，还是来一番现代化的速游、夜游，都能兴会淋漓，得尽佳趣。

我喜欢秋天的杭州，还因为她城里城外满眼的浓绿，抬眼望山，山是层次有致的水墨，低头看湖，湖是幽幽可人的画图。当你尽情品味着青山绿水的无尽诗韵时，更有一脉脉一缕缕的清气花香，一阵阵沁人肺腑，这沁人肺腑的花香，就来自满陇满城的桂花树。

杭州桂花，不光开在早有名声的满觉陇，秋天的杭州，从农历八月起，真正是遍处桂花遍地香，当桂花被确定为市花以后，就越发恣意汪洋地遍布全城全市。山脚也好，水边也好，无论公园苗圃，还是百姓庭院，但凡三尺见土的地方，总有它们的踪影。有幸得住杭州的人家，不消说四时八节有花事可赏，但等秋光乍泄、金风徐来之日，光那满城满陇的桂香，就足可使人无比陶醉的了。

人都知花无百日红，再烂漫的花事也有消停之时。于是，爱花惜花的人，便在秋高气爽的时日呼朋唤友地出游，有桂花树的人家，也总是在桂香初飘之际，便早早支起了大大小小的花架帐篷。于是，年年的金风送爽时刻，闻香访桂便是此间最宜人的风光，也成了杭州人最可意的赏心乐事。于是，年年月月的这个季节，我也总会挑个好日子，携家带小，选个桂香幽幽的去处，悠悠地走上一圈，让那浓浓淡淡的桂香，紧一阵密一阵地送入鼻端，听凭那一颗颗碎钻子似的小小花蕾，在徐徐的秋风里，疏一阵密一阵，飘飘摇摇落个满肩满身。怀一种闲适心情来，染一身幽香去，此时此刻，世俗尘虑莫名烦恼全都抛之脑后，人和自然取得了最和谐的亲密，桂香花雨予人的惬意，也仿佛达到了极致。

一个诗意充盈的好地方，若是光有大自然赋予的好景致，总还少了点什么，而人文景观，便是人世间最美好最生动的点缀。

杭州的人文景观，从古到今，洋洋洒洒，领千年风流；而擅山水之胜、林壑之美的杭州西湖，更因与许多出类拔萃的历史人物的亲缘而生色。

西湖是英雄的湖。诸多民族英雄的名字倍增她的光辉：岳飞、于谦、张苍水，秋瑾、徐锡麟等。青山有幸埋忠骨，烈士们的千秋英名和浩然正气，长留在青山绿水的西子湖畔。

西湖也是多情的湖。她以明媚的娇颜，启迪了历代文豪的灵思：白居易、苏东坡、柳永为她溢文流采，留下了余韵无穷的佳作，而近现代大画家吴昌硕、黄宾虹、潘天寿等，也都精勤挥洒，为她摹写了无数淋漓斑斓的山水长卷。

杭州灿烂的文化遗产和艺术瑰宝，俱汇集于西湖。飞来峰上的三百多尊摩崖石刻，尊尊栩栩如生；慈云岭的后晋造像和烟霞洞的五代造像，更是衣袂飘然，刀法圆熟，是五代至宋元时期最杰出的作品之一；六和塔、保俶塔、灵隐寺等建筑和雕塑艺术，使中外人士叹为观止；孤山南麓的文澜阁，是珍藏我国宝贵的图书——《四库全书》的七大书阁之一。

游西湖，必走孤山，孤山有一处最令我心向往之的所在，那就是以金石篆刻著称于世的西泠印社。它所拥有的艺术积累，也是杭州历史文化的一个缩影。

西泠印社的最高处是刻满《金刚经》《华严经》和十八罗汉像的华严经塔。每当我沿着经塔拾级而上到达顶端时，西湖湖山和美丽的杭州城便豁然在目，览景会心，一种高朗其怀、旷达其意的真趣，融合着凝重的历史感和强大的美感，便会久久地激荡着我的心……

杭州因西湖而名扬天下，但杭州又不仅仅只有西湖，环湖三面，宝石山、玉皇山、南北高峰……一例的青山环抱，与西湖相映。若不是有这青山妩媚，西湖便只是一汪寻常水面，又哪来这湖光山色两相宜？

每每见到湖畔青山俏立，我总有一种痴心念想：恨不得自己便是这青山一座，与此湖长相依伴，纵到了地老天荒，也不动一丝一毫！

2010 年

何处青山无故人（代后记）

自小生活在山清水秀的浙南，我一直固执地认为，我的故乡——浙江省台州市玉环县楚门镇，是世界上最美丽的地方。

成年之后走南闯北，更准确地说是颠沛流离：先是北上到中原大地结婚成亲，那是1962年，三年严重困难时期，刚刚临近尾声，我唯一的嫁妆，是读过两年私塾的老母亲自己的陪嫁——一对书箱，以及从家中的口粮里省下来的半袋大米。在开往郑州的长途列车上，我就坐在那个米袋上，一步也不敢离开。天亮的时候绿皮车抵达终点，我跳下列车，站在站台上，看着与家乡风貌截然不同的黄土地，心里一片茫然。

那时候，我还不知道自己会爱上这片土地。

我更没想到的是，竟然在这里一待就是二十四年，生命中最好的年华、最富于创造力的时期，青春的汗水、泪水以及欢笑，统统都留在了这中原的黄土地上。从偏居一隅的南阳市内乡县，转到省会郑州，一路行来，三个孩子先后在河南出生，自己的文学之路也越走越宽，我的成名作《心香》是在河南完成与发表的，创作的高峰期也集中在这二十多年里。如果说浙江是滋养我灵魂的伊甸园，河南则无疑是开阔我视野、丰富我心灵的人间世。河南于我，绝不仅仅是“第二故乡”

这么简单。

调入河南省文联成为专业作家后，我开始真正地走南闯北，履痕遍及祖国大地的每一个省、直辖市和自治区，但是心中所好，最是念兹在兹的地方，当属老伴儿的故乡——山东青岛。

在我看来，青岛是中国大地最有特色和灵性的城市之一，对它的那份欣赏和由衷的喜爱，我想，是同样生长在海边的我与生俱来的本性，是一种骨子里的认同。特别是近十几年来，乃至退休以后，几乎每年夏天，我都要与老伴儿一起，回到青岛写作——你看，我都不自觉地用了“回”字。

所以，青岛于我，亦亲亦友亦故乡。存在我心底对于青岛的那份眷恋与思念，一点儿不比浙江和河南少。虽然很惭愧，我为青岛写下的文字，要少于另外两处。

故乡对于每一个人，意味着什么？是血脉相连的亲情，是魂萦梦绕的牵挂，还是与乡里乡亲和谐共处的轻松与自在？

在这三地，对这三处，我都有同样深沉的挚爱与不舍。

所以，我才不揣冒昧，把所有关于这三地的纪录与描写文字，都汇集在这里，表达我对它们永远难以割舍的依恋和发自肺腑的深深爱意。

2017 年 1 月